皇太子殿下の容赦ない求愛

臣桜

Sakura Omi

目次

皇太子殿下の容赦ない求愛

序章　愛欲の楔に貫かれて

「う……ん、あ……っ、ァ」

間接照明が柔らかに光る豪奢な部屋で、女性の喘ぎ声が響く。

大人が四、五人は寝転がれる巨大なベッドの上で、優花は金髪の男性に組み敷かれ、熱い楔をその身に穿たれていた。

逃げようとしても、背後から男性が覆い被さっているので叶わない。

「――ぁ、優花、優花……っ、どこにも、行くな……っ」

切なげな男性の声を聞くも、優花は頭の中が真っ白になり何も答えられない。

蕩けきった媚肉に、日本人のそれとは明らかにサイズの異なるモノが抉るように出入りしているからだ。

グチュグチュという水音が、聴覚からも優花の官能を煽る。

優花はゴブラン織りのクッションに縋り付き、いくらするか分からない上等なシーツに淫らな涎を垂らす。

「あ……っ、ぁ、あうっ、あァあっ、あァーっ！　駄目……っ、ダメぇっ」

ブルブルと震える手で力なくシーツを握り、優花は悲鳴に似た嬌声を上げた。

その直後にせり上がった快楽が弾け、子宮が収斂する。

深く繋がっているので、男性は優花が達したことを知ったはずだ。なのに耳元で歓喜の吐息をついたあと、より深い場所まで抉られた。

「ん、ぅーっ、ダメぇ、も、ダメぇっ、だか、らぁ……っ」

あまりの快楽に、このままでは正気を保てないと思った優花は、泣きながら哀願する。

「ダメじゃない。もっと私に君を愛させてくれ」

男性が背後で陶然とした笑みを浮かべたのが分かった。

激しいピストン運動は一旦止み、その代わりに彼は腰で円を描くようにして優花を攻める。子宮口を切っ先でいじめ抜かれ、優花は掠れた悲鳴を上げてまた達した。

もはやどこにも縋ることのできない手足が、ビクビクッと痙攣して跳ねる。

「ああぁーっ！」

「私の気が済むまで、たっぷり付き合ってくれ」

男性は恍惚として言い、優花の頭を撫でる。

その言葉を聞いて、優花は自分が彼にとても愛されていると痛感しつつ「これでは体がもたない」と懊悩する。

「……っ、おねが……っ、少し、やすま、せてっ」

「私の気が済むまで、と言っただろう？」

優花の腰を掴んでいた男性の手が、彼女の胸元に伸び、凝った乳首を指の腹で優しく擦る。

胸の先を弄った手は彼女の体のラインを辿って臀部に至り、濡れた茂みに到達する。そして爛熟した肉粒を遠慮なく弄り回し、優花はまた蜜壷に含んだ肉茎を強く締め付け達した。

「――っぁ、あ、あぁ、ん……っ、ァ、あ」

優花はクッションに体を押しつけ、蕩けた顔をする。体は弛緩して、何も言うことを聞いてくれない。

さらに男性は最奥に亀頭をつけ、ぐりぐりと腰を回して優花を攻める。そして指の腹で膨れた肉粒をピタピタと叩き、絶え間なく刺激を与えてきた。

「――も、ダメぇっ！　ゆるしてっ、許してぇっ！」

優花は顔をグシャグシャにして喘いで、男性に許しを乞うものの、本心ではこの状況を悦んでいた。

信じられない美貌の貴人が、自分を溺愛してくれている。

日本人の一般女性の優花に、「愛している」と情熱的に囁くのだ。

夢のようで女性としてときめかないはずがない。

「あ……っ、ぁ……――あぁ」

優花は最後に声まで弛緩させ、とうとう全身の力を抜いて気を失った。

意識を手放したあと、体がビクビクッと痙攣したことを彼女は知らない。

そうして果てたあと、男性が「優花？」と呼びかけたことも――

第一章　東京で

澄川優花は二十六歳で、フリーランスの通訳をしている。

父は大手自動車会社に勤めており、幼い頃は父の海外転勤について世界各地を転々としていた。

一番多かったのは東南アジアだが、アメリカやヨーロッパにいたこともある。

一番古い記憶にある美しい街並みは、フラクシニアという北欧にある小国だとあとで知った。

ヨーロッパのようであり、どこかオリエンタルな雰囲気もある美しい街は、大人になった今もたまに思い出し、また歩きたいと思わせる。

高校生になる頃に、優花は日本に戻った。

周囲とも打ち解けて高校生活を終え、どうせなので今までの経験を生かし、進学は海外の大学に行こうかと考えた。しかし家族が「せっかく日本に住めたのだから、家族全員一緒にいたい」と渋る。

結局将来何になりたいか考え、語学が強みとなる職業――通訳を目指した。

大学は通訳を育成する四年制に進み、そこそこいい環境で楽しく過ごせた。

卒業後はフリーランスとして、まず両親のツテから仕事を探し、そこから徐々にエージェントに登録し仕事を得ていった。

最初こそ親に頼ったものの、通訳の仕事は実力と経歴主義だ。

経験を培うためなら何だって利用する。

優花は英語、中国語、フランス語、ドイツ語、ロシア語と、少しだけイタリア語を話せる。加えて幼い頃フラクシニアにいたので、その国の言葉も話せた。

こうして優花は二十五歳には、〝信頼できる若手通訳〟という地位を確立させた。

現在、二十六歳の優花は宝石商の社長、富樫勝也と年単位の契約をしている。

勝也の会社『クラリティア・ビューティー』は台東区上野にあり、宝石の買い取りやデザインのオーダーメイドなどをしている。勝也は宝石鑑定士の資格を取り、自らバイヤーとして宝石産出国に赴いていた。

「それで、一週間後にフラクシニアに向かうのですね？」

「ああ、今回も優花に同行してもらう。あそこは良質なピンクダイヤやレッドダイヤが採れるから、以前から狙っていたんだ。それに優花はあのあたりに住んでいたことがあったんだって？　だったら適役だな」

年齢より若々しく見える勝也は三十五歳だ。趣味でサーフィンをしていて、パーティーも好きで、派手な印象の男性だ。

だが優花は勝也の仕事への熱意、宝石への深い知識や情熱を知っている。だからこそ彼と契約して仕事をしている。

「確かにフラクシニア語は話せます。……でも大体は英語で済んでしまいますけど」

優花はパソコンを使ってフラクシニアのことを調べる。

「けどやっぱり、母国語を操れる相手だと印象がいいだろう？　俺だって海外の人と話をしていて、相手が日本語を話すと『おっ』て思うよ」

「確かにそうかもしれませんね。ですが商談は英語でしますからね？」

「ＯＫ、ＯＫ。頼りにしてるよ」

二人ともコーヒーを脇に、それぞれのパソコン画面を見ながら会話を続ける。

「あと、沙梨奈も連れて行くから、ホテルの部屋は女子同士仲良くな」

沙梨奈とは、足立沙梨奈という二十七歳の宝石鑑定士だ。

もともと美術系の大学を出ていて、宝飾デザイナーとして生計を立てたいと希望していたらしい。だが今の時代、宝飾デザイナーだけで生計を立てられるのは、ごく一部の売れっ子のみだ。なので沙梨奈は宝石鑑定士の資格も取り、マルチに仕事ができるよう努力している。

「沙梨奈さんも行くんですね。それは盛り上がりそう。でも商談の前夜に飲み明かすのだけはやめてくださいね？」

「それはさすがにしないって」

優花の軽口に勝也は笑い、マウスをクリックしてから「お」と声を出す。

「フラクシニアの皇太子はやっぱりいい男だな。今回フラクシニアの鉱山に連絡をしたら、鉱山の見学のあとに皇太子殿下じきじきに挨拶（あいさつ）があるっていうから……。こりゃあ、新聞載っちゃうかな？」

軽い調子で勝也が言うのを聞き、優花もフラクシニアの皇太子を検索する。

「アレクサンドル殿下でしょう？　確かに素敵ですね」

優花の視線の先には、金髪碧眼（きんぱつへきがん）の美男の画像がある。

北欧圏の国なので金髪の色が薄い。目の色も青というよりは、アイスブルーといったほうが合っている。

オーダーメイドのスーツを着こなし、女性なら誰もが憧（あこが）れそうな美丈夫（びじょうふ）だ。

「俺がいるのに他の男に見とれるなよ？　まぁ、何はともあれ皇太子殿下からのお墨付きとなれば、フラクシニアでの買い付けも今後スムーズに行くと思う。しっかり頼むよ、優花。上手くいったら食事奢るから」

「お仕事はちゃんとしますよ？」

軽口のような言い方に、勝也は笑う。

優花は勝也と付き合っていて、交際して一年と少しだ。一緒に食事をし、キスをする仲ではあるが、まだそれ以上のことは許していない。

彼からプロポーズされているものの、古風な考えかもしれないが、段階を踏んで付き合いたいと思っていた。

優花はそうして、仕事とプライベートを分けて真面目に取り組んでいた。

先ほどから話しているフラクシニアの案件に優花も同行するのだが、かなり大きな仕事なので身が引き締まる。それに加え、一国の皇太子と会食をすることが決まり緊張を隠せない。

皇太子は、「我が国は小国なので、ぜひ日本への土産話にフラクシニアのピーアールポイントを知ってほしい」と言っているらしい。

勝也の取引先である鉱山の権利者がアレクサンドル皇太子と知り合いらしく、親日家の皇太子が興味を持って勝也を招待したのだとか。

「しかし運命ってどう転がるか分からないな。これが転機になって、うちの店が爆発的な人気になったりして。『フラクシニア皇太子お墨付き』とか。ほら、ピンクダイヤって稀少だけど女性に人気があるだろう？　ＳＮＳを上手く使ったら、もしかするんじゃないか？」

「まぁまぁ、捕らぬ狸の皮算用って言いますし……。まずは出国。それから入国。商談が終わって帰国するまでが旅ですから、その後に考えましょう」

熱くなりやすい勝也を宥めると、彼はすぐに「そうだな」とクールダウンする。

「しかし優花が側にいてくれて助かるよ。言葉の壁だけじゃなくて、俺の扱いもいつの間にか上手になってるし」

「勝也さん、分かりやすいですからね」

プライベートの親しげな雰囲気を見せて言うと、勝也も含み笑いする。

「さて、出国に向けて準備を進めつつ、最新のニュースも集めておこう。相手さんの資料を集めても、まだまだ足りない部分があるかもしれない」

「はい」

気を引き締めて、優花は再び情報の海に飛び込んだ。

一週間後、優花は勝也と沙梨奈と共に飛行機に乗っていた。

飛行機の中では最新の映画を見つつも、資料を捲（めく）る手を止めない。

加えて宝石に関する専門用語の単語集も復習し、ついでにフラクシニア語のテキストも開く。フラクシニア語のテキストはかなりレアなもので、まず書店では買えない。今回の旅行が決まるとすぐにネットで検索して注文した。

載っているのは基本的な文法や単語だが、それでも正確な話し方を思い出すのに役立つ。

成田空港から乗り継ぎや待ち時間も含めて十二時間以上かけ、ようやくフラクシニアに到着した。


「うわぁ……涼しい！」

季節は六月。東京なら汗ばむ暑さだというのに、フラクシニアはひんやりとしていた。こちらの六月の平均気温は二十度前後らしい。

「夏はこっちで過ごしたいぐらいだなー」

半袖シャツの上にジャケットを羽織った勝也は、冗談なのか本気なのか分からないことを言う。沙梨奈は半袖ワンピースにカーディガンで、少し寒そうだ。

優花は機内でゆったり過ごせるように、マキシ丈のスウェットワンピースを着ていた。その上にジージャンを着ているので沙梨奈よりは暖かいはずだ。

「とりあえずタクシーに乗ってホテルまで向かおうか」

三人ともガラガラとスーツケースのキャスターの音を立てつつ移動する。

空港から出ると、優花は看板などを見て勝也と沙梨奈を先導した。

「タクシー乗り場はこっちですね。個人タクシーの車とタクシー会社の車がありますが、タクシー会社の車に乗りましょう」

「さっすが帰国子女！　海外に詳しいわねぇ」

沙梨奈は茶色に染めた髪をかき上げ、はやし立てるように優花を褒める。

沙梨奈の腰まであるロングヘアは、かなり色が明るい。髪が傷んでいてもおかしくないのに、艶々としていて綺麗だ。きっと美容室に通い詰め、念入りにトリートメントをしているのだろう。

メイクもばっちりで、暇な時は優花に「どこのブランドの新商品がいい」など話題を振ってくる。「今日のリップは新色なの」と嬉しそうに言い、好きなことにお金を使って楽しんでいる彼女の姿に微笑ましくなる。

優花もビジネスシーンで着る服は相手に舐められないよう良いものを買っているし、メイクや美容室にもお金を掛けている。

だが沙梨奈ほど外見を整えることに夢中になっていない。

通訳の仕事は楽しいが、のめり込むほどではない。

もっと情熱をもって何かに夢中になりたいが、現実はそう簡単にいかない。

『ここまでお願いします』

トランクにスーツケースを詰め、タクシーに三人で乗る。優花はホテルの名前と住所が書いてあるメモを見せ、フラクシニア語で告げた。

空港がある海沿いの街から、フラクシニアの首都トゥルフまでは三十分ほどだ。

『分かりました。お嬢さん、アジア人なのにフラクシニア語が話せるのですね』

金髪の中に白いものが混じっているタクシードライバーは、眼鏡の奥にある青い目で笑った。

『小さい時にこの国に住んでいたんです。相変わらずとても美しい街並みですね』

車窓から見える景色は、白い壁にオレンジの屋根の街並みが続いている。

優花がフラクシニア語でタクシードライバーと話しているあいだ、勝也と沙梨奈は異国の街並みの感想を言っていた。

『日本人ですか？　後ろの人の発音からそんな感じがしました』

『はい。仕事でフラクシニアに来ました』

「こっちの人は凄（すご）いな。こんなに涼しいのに半袖の人が多い」

行き交う人々が半袖を着ているのを見て、勝也が感嘆の声を上げる。

勝也の言葉を、優花はドライバーに訳して伝えた。するとバックミラー越しに彼が微笑んだ。

『こっちは冬が長いですからね。人々は夏になると積極的に日差しを浴びようとします。庭先にビーチチェアを置いて日光浴をするのは、珍しくないですよ』

彼が言ったことを勝也に訳すと、彼は何度も頷いて納得していた。

「確かにこっちの人は髪も目も色が薄いから、日射量が少ないんだと思うよ。黒目黒髪の俺たちから見たら、綺麗で羨ましいけど。そうだ、優花。オススメの食べ物とか聞いてくれ」

勝也に言われ、優花はドライバーに尋ねる。

『フラクシニアで美味しい物って何ですか？』

『そうですね。主食はレイブというライ麦でできている黒パンです。ニシンやウナギなども盛んに食べられています。同様にブラッド・ソーセージもよく食べますね。あとポークステーキを名物とする店も多いです。マッシュポテトやドイツのザワークラウトのような物もあります。ノルウェーサーモンもよく流通していますね』

優花越しにドライバーの話を聞き、勝也と沙梨奈はもう食事に思いを馳せているようだ。

そのあとも人のいいタクシードライバーからフラクシニアの話を聞きながら、ホテルまでの街並みを楽しんだ。

「はー！　着いた！」

首都トゥルフの中央部にあるホテルに到着すると、勝也はツインルームに一人、優花は沙梨奈と同じ部屋で休憩する。

優花は勝也に求婚されているものの、返事を保留にしてもらっている。なのでこういう部屋割りにしてもらえるのは、非常にありがたかった。

機内で食事をしたので、レストランで軽食をとり、眠りについた。

＊＊＊

翌日はフラクシニアの空気に慣れることと、打ち合わせに一日を費やした。

フラクシニア到着三日目の早朝には、良質のダイヤが採れる鉱山へ向かう。

価値ある宝石を扱う仕事なので、緊迫したシーンもあった。しかし勝也と沙梨奈はカラーダイヤを中心に、様々なダイヤをじっくり見て、納得のいくものを買うことに成功した。

優花も彼らの言葉を同時通訳で伝えて商談の手助けをし、結果的に全員満足いく仕事ができた。

支払いを済ませ再びトゥルフに戻る頃には、勝也は大量に宝石が入ったブリーフケースをしっかりと抱えていた。

「いい取り引きができたなぁ」

「本当に、フラクシニアのカラーダイヤは良質だったね」

勝也の言葉に沙梨奈が同意する。

「無事に終わって安心しましたが、これから着替えて気持ちも切り替えないと」

優花がそう言うと、二人は笑顔のままうなずく。

「分かってるよ。しかし移動中に見えたけど、遠目にも立派な宮殿だったよなぁ」

「そうそう。私ヨーロッパのお城ってまともに入ったことがなかったから、ドキドキする」

この後は、フラクシニアの皇太子との晩餐会だ。

三人は昼食を食べなかったので、トゥルフに戻ったあと、軽食を買ってホテルの部屋で食べている。本当はしっかり食べたかったのだが、宮殿の料理を残しては失礼だと思って控えめにした。

「宮殿の食事、楽しみですね」

「そうだな。日本びいきの皇太子殿下へのお土産もしっかり買ってきたし」

一国の皇太子に会う前なので、食事が終わり次第身だしなみを整えることにした。

「優花」

沙梨奈と二人でホテルの部屋に入る前に、勝也が呼び止めてくる。

「なに？」

沙梨奈が先に部屋に入ったあと、優花は控えめな声で返事をした。

「その……。宮殿に行ってイケメン皇太子と会っても、惚れないでくれよ？」

浮気を心配する勝也に、優花はクシャッと笑う。

「もう、変な心配しないで。相手は皇太子殿下だよ？　私のことなんか好きになるはずないじゃない」

そう言うと、勝也もやっと安心したようだ。

「そうだよな。……うん、分かった。じゃあ、支度をしよう」

「うん。またあとで」

笑みを零し、優花は部屋に入った。


十七時になり、ホテルの前に黒塗りのリムジンが横づけされた。

運転手はヨハンという男性で、三十一歳らしい。金髪で整った顔立ちの彼は、日本語が話せたので助かった。

スーツやイブニングドレスに着替えた優花たちは、リムジンに乗り込む。

ヨハンにリムジンの中にある飲み物を自由に飲んでいいと言われたが、さすがに皇太子との晩餐を控えているのに手を出せない。

「あーあ、高級そうな酒だなぁ」

目の前には上品なライトに照らされた酒のボトルがあり、磨き上げられたグラスも光っている。

「まぁまぁ。全部終わってから飲めばいいじゃないですか」

優花は落ち着いたワインレッドのドレスを着て、肩にショールを掛けていた。

華奢な肩紐や胸元のビジュー、高いヒールなど、普段ではまずしない服装にも緊張する。

沙梨奈は「キャバ嬢みたいだね」と言って笑っていたのだが、優花は笑える気持ちではなく、緊張で変な汗まで掻いている。

気を紛らわそうと目を向けた窓の外からは、あちこちから陽気な声が聞こえる。治安のいい国なので、ガイドブックには夜に出歩いても大丈夫だと書いてあった。

（さすがに大きなネット書店でも、王族に対するマナーを書いた本はなかったなぁ）

昔の貴族の令嬢はどういう生活をしていた、などの資料本はある。しかし現代の一般日本人が海外の王族に会う時、どうすればいいのかが書かれた本はないのではと思う。

（とりあえずテーブルマナーだけは三人揃って頭に叩き込んだ。会話は私が頑張ればいい。さすがに……ワルツを踊るとかはないよね？）

リムジンの中で優花は難しい顔をして考え込む。

「まぁまぁ、優花。そんな顔するなよ。何とかなるって」

クラッチバッグを握り締めて考え込む優花に、勝也は明るい声で言う。

しばらくすると、大きな建物が見えてきた。

昔ながらの宮殿は、何度も修繕工事が行われている。昔の形を残しつつ、内部は住みやすくなっているそうだ。

もちろん、塔や牢獄など使われていない場所はある。空き部屋には宮殿が管理する美術品などが保管されているらしい。宮殿の一部は観光用に開放されているが、今回優花たちが招待されるのは奥にあるプライベートエリアだ。

宮殿前の跳ね橋を渡ると、目の前には薄暮（はくぼ）の中ライトアップされた城がドンとそびえている。車は観光エリアをグルリと回り、衛兵が立つゲートを通っていった。

「うわぁ、緊張する……」

沙梨奈が呟（つぶや）いた時、車が裏口と思われる扉の前で停止した。

ヨハンがドアを開け、女性二人をエスコートする。

「どうぞ、中へ」

ヨハンが言い、建物のドアに向かう。ドアの両側には衛兵が立っていて、思わず三人は会釈（えしゃく）をした。

「わ、赤い絨毯だ」

入ってすぐ、白黒のタイルの玄関ホールがある。

ホールは広々としていて、天井からはシャンデリアが下がっていた。

「こちらです」

　ヨハンが三人を先導して歩き始める。彼は執事のような黒い燕尾服を着ていて体つきもいい。

「私は殿下の秘書や運転手、ボディーガードなど、身の回りに関わる仕事を担っております。他にも似た職に就いている者はいるのですが、年齢の近い私が常にお側にいるのがいいと、一任されております」

　ヨハンは流暢な日本語を話すので、優花の出番がない。

「現在殿下はプライベートな用事を済ませておいでです。そのあいだ、私が皆様をお迎えに上がりました」

「ありがとうございます。ちなみに、私たちは皇太子殿下のことを何とお呼びすれば？」

　勝也の言葉に、ヨハンは感じのいい笑みを浮かべる。

「普通に殿下で構いませんよ」

　長い廊下の途中にはいくつも扉があり、やがてその内の一つの前でヨハンが立ち止まった。

「ここが迎賓室になっております。続き間にダイニングがございますので、殿下とお話をされてから、お食事をする流れになっています」

「分かりました。あの……ヨハンさんはどうされますか？」

不安げな勝也の言葉に、彼はふわりと微笑む。

「同席致しますよ。私は殿下の身の回りのことを任されていますので、常にお側に控えております」

すると勝也は「私たちだけだと心細いので、安心しました」と笑顔を見せた。

ヨハンがドアを開くと、まさしく〝お城〟という内装が広がる。

ロココ調のような華美な装飾のついた壁や天井を始め、ソファなどの家具もモダンな作りではなく華麗な印象を受けるものだ。

勝也は優美なインテリアに落ち着かない様子だが、優花と沙梨奈は「お姫様みたい」と顔を見合わせてはしゃいだ。

既視感がある気もするが、きっと事前にフラクシニアについて調べた画像や、テレビで流れる西洋のお城特集のせいだろう。加えて過去にヨーロッパで宮殿を見学したことがあるので、その記憶と混じっている可能性も高い。

「あ、じゃあまずこれ……。日本のお菓子とお土産なのですが、ヨハンさんから殿下に渡して頂けますか？　もちろん中を開けて確認して、毒味して頂いても構いませんから」

勝也が手に提げていた紙袋を差し出すと、ヨハンは「ありがとうございます」と微笑んで受け取った。

「お茶を淹れますから、どうぞお座りください」

優花たち三人はソファに座り、上座に当たる部分はアレクサンドルのために空けておく。

続き間に姿を消していたヨハンは、すぐにワゴンを押して戻って来た。

「殿下はもう間もなくいらっしゃるかと」

ヨハンは慣れた手つきで紅茶を淹れ、手慣れた様子で高い位置からカップに注ぐ。

女性二人がその姿に感動した時、廊下に続くドアからノックの音と衛兵の声がした。

「殿下がいらっしゃいました」

ヨハンに言われ、三人は緊張して立ち上がる。

胸に手を当てて軽く頭を下げたヨハンを見て、三人もそれを真似た。

ドアが開き、アレクサンドルが入室する気配がする。

フラクシニア語で『失礼はなかったか?』『問題ございません』というヨハンとのやりとりが聞こえた。

「皆様、どうぞお顔をお上げください」

ヨハンの声が聞こえて三人は頭を上げる。

目の前には仕立てのいいスーツに身を包んだ、金髪碧眼の皇太子が立っていた。

スポーツが得意だという彼は、胸板も厚く肩幅も広く堂々とした体躯で、あつらえたスーツ姿がとても格好いい。

金髪碧眼は、フラクシニアに来てある程度慣れたはずだ。だが一国の皇太子である彼は、殊更に特別な存在に思えた。

薄いプラチナブロンドは照明を反射して淡く輝き、瞳の色はただのブルーではなく、とても薄い色の青だった。見つめられると瞳孔が際立っているので、思わずドキッとしてしまう。

立っているだけで気品があり、近寄りがたい存在感があった。決して人を威圧する雰囲気ではないのだが、自然と人を従え、こうべを垂れさせる魅力がある。

「初めまして。日本からようこそいらっしゃいました。今回は私の我が儘にお付き合い頂き、ありがとうございます」

丁寧な挨拶をして優雅に礼をするアレクサンドルは、流暢な日本語を話す。

それに驚きつつも勝也を見れば、彼は小声で「俺のあとにフラクシニア語で挨拶してくれ」と優花に指示をした。

「このたびは一介の宝石商に過ぎない私をお呼び頂き、光栄の極みに存じます。私は富樫勝也と申します。彼女は鑑定士でデザイナーの足立沙梨奈。皇太子殿下におかれましては、大の日本びいきと伺っております。今晩の歓談で少しでも我が国について良いお話ができればと思っております」

勝也が日本語で挨拶をしたあと、優花は彼の指示通りフラクシニア語で挨拶をした。

『初めまして。私は通訳をしております、澄川優花と申します。このたびはご縁があり、この美しい国に来られたこと、非常に嬉しく思っております』

アレクサンドルは驚いた顔で優花を見る。背後で控えているヨハンも同様だ。

「君……。通訳か。フラクシニア語が話せるのか」

思わず口調が砕けたのは、アレクサンドルが心を開いた証拠だ。

「はい。幼い頃に少しだけフラクシニアに住んでいました」

優花の首には、フラクシニア産のピンクダイヤのペンダントが下がっている。ピンクダイヤにしてはとても上質なものらしく、フクシアと呼ばれる濃いピンクほどの濃度がある。純度も高くて混じりけがなく、カットも最高級だ。

幼い頃に両親がフラクシニアの友人から優花に、と受け取った物らしい。

「このペンダントは、その時の思い出なのでこの機会につけて参りました。両親の話では、フラクシニア産のピンクダイヤだそうです」

指先でそっとペンダントに触れると、優花の胸元を凝視していたアレクサンドルが一歩踏み出す。

「――失礼。少し見させてもらっても？」

「構いません」

身長一八五センチ以上はあるかと思われるアレクサンドルが、ゆったりと優花の側に歩み寄る。彼からはとても上品な香りがした。

仕事上、様々な人に会うが、海外の人は高確率で香水をつけている。

だがアレクサンドルは今まで会ったどの人よりも、〝いい匂い〟だ。香水そのものというより、人物像と香りの印象がとても合っているのだと思う。

「失礼」

アレクサンドルの長い指が二十四金のチェーンに掛かり、そっとペンダントトップを持ち上げる。ティアドロップ――雫型にカットされたピンクダイヤは、他に装飾がなく実にシンプルだ。だがその分、ダイヤそのものの純粋なカットや輝きが際立っている。

「…………っ」

吐息がかかる距離にアレクサンドルの端整な顔があり、優花は一気に真っ赤になった。

身を屈めないと優花のペンダントが見えないほどの長身。少し俯くとセットされた金髪が、彼の美貌に影を落とす。伏せられた睫毛も白金で、間近で見る彼の目はシベリアンハスキーのようだ。

ドキドキしつつ視線を彷徨わせると、こちらを羨ましそうに見ている沙梨奈と目が合う。その向こうにいる勝也は、嫉妬の混じった目を向けていた。

（ふ、不可抗力……）

フラクシニアと縁があるということを言いたかっただけで、こんな展開になるとは思わなかった。

やがてアレクサンドルは「ありがとう」と微笑むと、優花の手を取って甲にキスをする。

そんなことをされるのも初めてで、顔から火が出るかと思った。

「確かにこの石はフラクシニアの物のようだ。君はこの石によって、フラクシニアに呼び戻されたのかもしれないね」

「……呼び戻された……」

アレクサンドルの言葉を復唱すると、何となく納得がいったような気がする。

宝石は特別な力を有している。パワーストーンを信じる人がいるように、勝也たちも石の相性などをよく口にしていた。

その中に身の安全を守る石や、原点回帰の力がある石があったとしてもおかしくない。

「殿下。富樫様よりたくさんのお土産を頂いています」

ヨハンにそう言われたアレクサンドルが腰掛けると、優花たちもソファに座る。

アレクサンドルの側に立ったヨハンは、ワゴンの上に綺麗に並べたお土産を手で示した。

「こんなにたくさん持ってきてくれたのですね。ああ、好きな菓子がある。これも。あ、これも。……嬉しいな」

優花たちにとっては少し足を延ばせばどこでも買える菓子折りなのに、アレクサンドルは感動している。

ヨハンが江戸切り子のグラスセットが入った包みを開くと、アレクサンドルの整った顔が「ワァオ」という歓声と共に喜色に彩られる。

「……綺麗だな。これは知っている。江戸切り子ですね？　大切にします」

アレクサンドルの言葉を聞き、勝也が小さく拳を握ったのが見えた。

五色の江戸切り子グラスは、勝也が「重たい。割れないか気を使う」と文句を言いつつ運んできた物だ。それを喜んでもらえて、優花も嬉しい。

そのようにして和やかに会話が始まり、彼はフラクシニアの印象や日本のことを聞きたがった。

しばらくして美味しそうな料理の匂いが鼻腔に届くと、隣室にあるダイニングに向かった。テレビでしか見たことのないような長いテーブルには、精密な絵つけのされた食器が並んでいる。更に、ＢＧＭとして静かなクラシックが流れた。

「どうぞそちらにお掛けください」

ダイニングテーブルの上座にアレクサンドルが座り、勝也と優花、沙梨奈はサイドの長い部分の中央に座った。座る時はヨハンや給仕の男性が椅子を引いてくれ、高級レストランのようだ。

目の前にあるナプキンは、複雑な形に折り畳まれている。

アレクサンドルがそれを広げたので、優花たちもナプキンを膝に置いた。

「メニューはこちらで決めさせて頂きましたが、アレルギーや苦手な物はありませんか？　一応ミスター富樫とのメールで確認致しましたが」

ヨハンの言葉に、優花たちは頷く。

幸い三人とも好き嫌いはない。沙梨奈は「納豆が食べられない」と言っているが、さすがにフラクシニアで納豆は出ないだろう。

「大丈夫です。何でも食べます」

冗談めかした勝也の言葉にアレクサンドルとヨハンが微笑み、ヨハンがつけ加えた。

「メニューは完全なフラクシニアの料理……となると偏りますから、フラクシニア風のフレンチになっています」

緊張した優花は背中を伸ばして顔を強張らせていた。

不意にアレクサンドルが、フラクシニア語で話しかけてきた。

『フラクシニアに住んでいたそうですが、現在は日本に？』

問いかけて、アレクサンドルはグラスに入っている水を飲む。彼を見て水を飲んでいいと解釈した優花は、ありがたく喉を潤した。

同時に水を飲んでも構わないと促してくれたアレクサンドルは、気配りのできる人だと思った。

『はい。父が自動車会社に勤めておりまして、子供時代は東南アジアを中心にヨーロッパやアメリカなど、様々な国に住んでいました。高校生になる頃に日本に帰国しています』

『いい思い出はありましたか？』

アレクサンドルの薄いブルーの目が、親しみを込めて優花を見つめる。

『そうですね。多くの国に友人ができたのは、今でも財産だと思っています。今こうして通訳として働けているのも当時の経験があるからです。今回このような光栄な場にいられるのも、フラクシニアとご縁があったお陰です』

給仕がそれぞれの席を回って、食前酒であるシャンパンをフルートグラスに注ぐ。

勝也と沙梨奈は、フラクシニア語で優花とアレクサンドルが話している内容が気になっているようだ。勝也の視線を感じるので、あとで誤解がないように説明しなければならない。

「……では、乾杯しましょうか」

アレクサンドルが日本語で言い、グラスを掲げる。

優花たちも同様にグラスを掲げると、アレクサンドルが「フラクシニアと日本の友好と発展に」と微笑んだ。

運ばれてきた前菜はサーモンのカルパッチョで、初夏らしくアスパラが使われて色彩が鮮やかだ。

「いただきます」

フレンチのコースだが、優花はいつもの習慣で胸の前で手を合わせた。

それをアレクサンドルが、柔らかい視線で見ている。

「日本人の、その『いただきます』『ごちそうさま』という習慣はいいですよね」

「ありがとうございます。確かにこちらですと、敬虔な方は食前のお祈りですものね」

アスパラを食べた優花が言うと、アレクサンドルは嬉しそうに微笑む。

「日本人独特の挨拶が好きです。日常の中に労りや優しさが溢れているような気がして、憧れますね」

「フラクシニアにも素敵な言い回しがありますよね？　運命を感じた時、『星が瞬いた』と言うと子供の頃に覚えました」

優花がフラクシニアの慣習を口にすると、沙梨奈が「ロマンチック」と喜ぶ。

その後も両国の好きな点を話し、質問などを交えつつ食事が進む。

フルコースが終わる頃には、アレクサンドルはすっかり上機嫌になっていた。

＊＊＊

食後の紅茶を楽しんでいる時、アレクサンドルがとんでもないことを言い出した。

「もしスケジュールの都合がつくなら、一週間ほど宮殿に滞在しませんか？」

「え……えっ？」

勝也が動揺し、沙梨奈も「嘘でしょお？」という顔をしている。

確かに宮殿は素晴らしいし、アレクサンドルもヨハンも日本語で意思疎通ができるので夢のようなお誘いだ。だが外国滞在が長引けば、その分優花が勝也に請求する金額は跳ね上がる。

優花は勝也と長期契約しているものの、エージェントから他の仕事が紹介されれば、そちらで仕事をする。長期契約には、勝也から仕事の依頼があれば最優先するという条件も含まれているが、勝也との契約だけでは生きていけないからだ。

それとは別に、通訳一回あたりの報酬は都度払いなので、滞在日数が長くなればなるほど、勝也の支払い額が増える仕組みになっていた。

チラッと勝也を見るが、彼は宮殿に泊まれる驚きでそれどころではないようだ。

「もちろん、今回のお仕事で得られた宝石などは、金庫でお預かり致します。当たり前ですが宿代なども請求致しません。昼間は私も執務がありますが、夜や空いた時間などに話し相手になって頂きたいんです」

ヨハンはアレクサンドルの後方に控えていて、主人が決めたことに口を出さない方針のようだ。

アレクサンドルが話し相手になってほしいと言うのだから、滞在しても恐らく迷惑にならないのだろう。

「どうですか？」

青い瞳に見つめられ、優花は勝也たちを見る。

「わ、私は勝也さんがいいならいいけど」

沙梨奈が口元に喜びを隠しきれずに言い、優花も「私も」と頷いた。

勝也は今後のスケジュールを思い出していたようだが、ニカッと笑うと「よろしくお願いします！」と決断を下した。

「決まりですね。ではヨハン、彼らの部屋を用意しておいてくれ」

「畏まりました」

「あなたたちの荷物は、ホテルからこちらに引き取るよう手配します」

「お気遣いありがとうございます」

勝也は頭を下げ、優花と沙梨奈も礼をする。

「これからヨハンが客間に案内しますから、荷物が届き次第くつろいでください。バスルームなどの設備についても彼から説明があります」

アレクサンドルの口調から、これでもう今日はお開きなのだと予感した。

朝から商談があり、夜になれば皇太子と食事会。実に濃厚な一日だった。

(お風呂があるなら、お湯を溜めてゆっくり浸かりたいな)

ぼんやりと思いつつ室内を見ていると、アレクサンドルが顔を覗き込んできた。

「っ!?」

ビクッとして顔を引いた優花を、アレクサンドルはキラキラとした目で見つめる。おまけに両手で優花の手を握ってきた。

「な……何でしょうか……」

驚きを隠せない優花に、アレクサンドルは好意を隠さず微笑みかける。

「ミズ澄川。もしよければこれから私とバーで一杯飲みませんか?」

「バ、バー?」

面食らって言葉を反復すれば、彼は魅力的な笑みで別室を親指で示す。

「私室の一つに、備え付けのバーカウンターがあるんです。趣味でバーテンダーの真似事もしているので、一杯だけお付き合い頂けませんか？　フラクシニアに住んでいたあなたと話がしたいのです」

一国の皇太子からナンパされ、優花は何と返事をすればいいのか口を喘がせる。

助けを求めて勝也と沙梨奈を見れば、勝也がちょいちょいと優花を手招きした。

「ちょ、ちょっとすみません」

小さく会釈をして勝也の方へ行くと、彼が顔を寄せ耳元で囁いた。

「優花。この際だから色仕掛けでも何でもして、皇太子に気に入られて来いよ」

（……え？）

心臓がドクリと嫌な音を立てたが、勝也は構わず言葉を続ける。

「このまま皇太子殿下のお気に入りになったら、うちも繁盛するかもしれないだろう？　昼間の鉱山の所有者とも懇意になれるかもしれない」

「あ……、そ、そうですね……」

勝也の野心は分かっていたはずだ。だが仮にも求婚されている人から「別の男に色仕掛けをしろ」と言われると、内心穏やかではない。

それを見抜いたのか、勝也が小さく笑う。

「色仕掛けって言っても、それっぽく話をして気に入られたらいい」

「え……ええ」

少し強張った顔で頷くと、勝也がわざとらしく大きな声を出して優花の背中を叩いた。

「いやぁ、光栄じゃないか優花！　ぜひとも日本と我が社を売り込んできてくれ」

周囲も笑顔なので優花は笑うしかない。

その後、勝也と沙梨奈はヨハンに客間へ案内されていった。優花はアレクサンドルと二人きりになり、あまりの緊張で卒倒しそうだ。

「じゃあ、私たちも行きましょうか。ミズ……。私も優花と呼んでも？」

「え、ええ。構いません、殿下」

断れるはずもなく快諾すれば、彼は人懐こい笑みを浮かべた。

「では、私のこともサーシャと呼んでほしい」

「そんな、畏れ多いです」

「プライベートな時間に、私も新しい友人が欲しいのだけどね？」

そう言われると返す言葉もなく、優花はおずおずと彼の愛称を口にする。

「よろしくお願い致します……。サーシャ」

優花の言葉にアレクサンドルは完璧すぎる笑顔で応え、肘を差し出す。エスコートされたのだと理解し、優花はそっと彼の腕に手を掛けた。

廊下に出るとシンとしていて、広々とした宮殿は豪華な迷路のようだ。

「そのドレス、とてもよく似合っているね」

「ありがとうございます」

「もっとフランクに話していいよ。私もそうする」

「え、ええ」

とは言え、一国の皇太子相手に友人のように話せなど、ハードルが高すぎる。

「優花の好きな酒は？　ジンベース、ウォッカベース、カシスなどのリキュールにクリーム系。色々揃えているから、大体の物は作れる」

「そうですね……。子供舌なので、カシスオレンジとか甘いお酒が好きです」

「可愛いな」

チラッとアレクサンドルの横顔を盗み見すると、彼は笑みを深めた。

「急に同行人と離してしまってすまない。不安だろう？」

「いいえ、殿下……サ、サーシャを信じています」

ぎこちなく名を呼べば、アレクサンドルは実に嬉しそうに笑った。

「私のことを警戒している？」

「い、いいえ！　そんな……。でん……サーシャは生まれながらの紳士だと思っております。決してそのようなことは……」

優花は慌てて首を横に振る。

そもそも一国の皇太子に女性として意識されていると思うだけ、図々（ずうずう）しい。

「ならいいんだが」

そう言い、アレクサンドルは階段を上って一室に入った。

「ここが私室だ。続き間にリビングやベッドルームもあるが、今はここで過ごそう」

「素敵なお部屋ですね」

先ほどの迎賓室とは違ってこの部屋は近代的だ。実用重視の家具が目立ち、彼が実際にここで生活しているのが分かる。

アレクサンドルが言っていたように、その部屋にはバーカウンターとスツールが並んでいた。カウンターの奥にはたくさんの酒瓶が並び、キャビネットには高級ブランドのグラスがあった。

窓からはトゥルフの夜景が一望できる。景観を守るために高層ビルやネオンは日本ほどないそうだが、繁華街と思われる方面は明るい。

床にはペルシャ絨毯らしき高級な敷物。ゆったりとしたソファセットはモダンなデザインだ。壁には洋書が詰まった本棚が並び、側には一人掛けのリクライニングソファがある。

アレクサンドルは、ここで一人優雅な時間を過ごしているのだろう。

「好きな場所に座ってくれ」

アレクサンドルはジャケットを脱いでハンガーに掛けると、シャツの袖を捲る。カウンターに置いてあったアームバンドで袖を留めた姿に、優花は思わず胸を高鳴らせた。

一般的な女性がそうであるように、優花も男性のスーツ姿が好きだ。しかしそれに小道具が加わると、一気に罪深いまでの色気を醸し出すので心臓に悪い。

日本にいても、スリーピースを纏った男性を見て「格好いい」と思っていた。しかしアレクサンドルを前にすると、彼が次にどんな色気を出してくるのか気が気でない。

おずおずとカウンター前のスツールに腰掛けると、優花はアレクサンドルの手元を見る。

高身長に伴って手も大きいが、指はスラリとしていて美しかった。

左手の親指にある赤い宝石が嵌まった指輪は、恐らくフラクシニアの宝石なのだろう。優花のピンクダイヤよりもっと濃い色だ。

勝也からフラクシニアに来る前にカラーダイヤの話を聞かされていたが、レッドダイヤは特に稀少らしい。それを王族である彼が身につけているのを見て、なるほどと納得する。

「じゃあ、君が好きなカシスオレンジをまず作ろうか」

そう言うと、アレクサンドルは細長いタンブラーにキューブアイスをトングでカランカランと入れる。カシスをメジャーカップの小さい方で量りグラスに入れると、冷えたオレンジジュースを注いでマドラーで混ぜる。

冷蔵庫から取り出した小さな密閉容器にはカットされたオレンジが入っていて、それをグラスの縁に挟んだ。

「どうぞ」

「あ、ありがとうございます……。本当に手慣れているんですね」

「一日の終わりには、ヨハンと飲んでいるからね。その時に彼に練習台になってもらっているんだ」

悪戯っぽい言い方に、優花は思わずクスッと笑った。

「ああ、いい笑顔をもらった。やっと心から笑ってくれたね、優花」

「え？　そ、そうですか？」

「立場上、色んな人の表情を見ている。作られた笑顔か、心からのものかはすぐに分かるさ」

焦って頬に手を当てる優花に、アレクサンドルは「先にどうぞ」とカシスオレンジを飲むよう勧めてくれる。言われて初めて、自分がガチガチに緊張していることに気付いた。同時に、彼が気遣って気さくに振る舞ってくれたのだと知る。その心遣いがありがたかった。

一口飲んだカクテルは異国のオレンジジュースの味がし、甘さの中にある酸味が美味しかった。

その後アレクサンドルは、自分用にジンライムを作り、カウンターに立ったままロックグラスを傾ける。

「音楽でもかけようか。沈黙は人を緊張させるからね」

グラスを置くと、アレクサンドルはコンポが置かれているチェストに向かう。やがて流れたのはムードのあるジャズだった。

「ストレートな質問をするが、優花はミスター富樫と恋人同士？」

「っごふっ」

いきなりな質問に、優花は思いきり噎(む)せた。ひどく咳(せ)き込んだので、心配したアレクサンドルが背中をさすってくれる。

「すまない。急な質問すぎたね」

「い、いえ……。どうしてです？」

涙目になった優花は、マスカラが滲(にじ)んでいないか不安になりながら尋ねる。

「フラクシニアにいたことがあるという君に、純粋な興味が湧いた。それに、そのピンクダイヤにも興味があるしね」

「ピンクダイヤ……。これ、ですか？　頂き物ですが……」

胸元にある宝石に触れると、アレクサンドルはじっとそこを見つめてくる。胸元を見られるのが恥ずかしくて、優花はそっと手を外した。

「宝石に石言葉というものがあるのは知っているね？」

「はい。ピンクダイヤは愛を表す言葉や、婚約指輪にするに相応しい『完全無欠の愛』という意味があると知りました」

「そうだ。だがこのフラクシニアでは、原産国ならではの言い伝えがある」

「言い伝え……ですか？」

それは聞いたことがなく、優花は隣に座るアレクサンドルをきょとんと見る。

「女性がフラクシニアの宝石を贈られると、贈った男性と結婚するという言い伝えがある。だから近年では、海外に進出したいと望む女性は宝石から距離を取ろうとするんだ」

「それは……。初耳です」

聞いた限りおそらくは、迷信だろう。

だが現代においても占い師やシャーマンを頼る人がいる以上、こういった事柄を『嘘』とは言い切れない。人、土地、状況により迷信は真実になるのだ。

「まぁ、信じずに綺麗な物は綺麗と、喜んで宝石を受け取る女性もいるけれどね」

優花の考えを見透かしたのか、アレクサンドルがクスッと笑う。

「サーシャはその言い伝えを信じていますか？」

「どうだろうね。あったら素敵だな、とは思っている」

彼は肯定せず否定もしない、大人の答えをする。

「だからこそ、幼い頃にフラクシニア産のダイヤを手にした優花なら、フラクシニアの男と恋に落ちる可能性もあるかな？　と思ったんだ」

ようやく「富樫と恋人か？」と質問されたことに繋がり、優花は先ほどの焦りを思い出す。

「フラクシニアの男って……」

「もちろん、私のことだ」

アレクサンドルはそう言って、アイスブルーの瞳で優花をジッと見つめる。熱っぽい眼差しにドキッとするが、相手は外国の皇太子だ。あり得ないと思った優花は、首を横に振って笑った。

「何を仰っているのですか？　冗談はいけませんよ？」

「おや、冗談に聞こえるかな？」

アレクサンドルはスツールに腰掛けて長い脚をゆったりと組み、じっと優花を見る。瞳孔が際立つ薄い色の目に見つめられ、優花はドギマギして目を逸らした。

（こんなの……。きっと現実じゃない）

場所は宮殿で、目の前にいるのは皇太子。自分はドレスを着ていて、まるで夢の世界だ。

だから皇太子に口説かれたとしても、リップサービスに決まっている。

「……お、お仕事はいいのですか？　皇太子殿下ってとてもお忙しそうなイメージがありますけれど」

あからさまに話題を逸らせば、アレクサンドルは眉を上げて溜め息をついた。

「今日の執務は夕方までに済ませておいた。下手なことをすればヨハンに怒られるしね。これから一週間優花たちが滞在しても、私のスケジュールに差し障りはない」

アレクサンドルはじっと優花の目を見つめたまま話す。

相手の目を見て話すのは礼儀だ。優花もそうやって話す習慣がついているものの、彼の目に見つめられるとドキドキする。

「……優花。そんなに私の言葉は薄っぺらいか？」

不意にアレクサンドルが優花の手を取り、その甲に唇をつけた。

「な、何をなさるんですか！」

驚いて手を引こうとするが、しっかり握られている。

「では、もっとストレートに言おう。私は優花に強い興味を持っている。惹かれていると言っていい」

「…………っ」

強い目が優花を射貫き、もう一度温かい唇が手の甲に押しつけられた。

今度はなんと言って躱していいのか分からず、優花は顔を真っ赤にして言葉を失う。

掴まれた手がブルブルと震えて、動揺がアレクサンドルに伝わってしまう。

「子ウサギのように震えて……。そんなに私が恐ろしいか？　それとも、私のような男の言葉は信じられない？」

そう言われても、どう答えていいか分からない。

優花は完璧な美を誇る彼を前にして、自分がとても矮小に思えた。

必要以上に自分を卑下するつもりはないが、これといった魅力もないのにアレクサンドルに惚れられる要素が見つからない。

勝也とだって一年以上の付き合いがあり、何度も食事やデートを重ねて今に至る。

キス以上のことはされていないものの、それは勝也が本気である証拠だと思っている。

でもアレクサンドルはどうだろう？

初対面で口説いてくる理由に皆目見当がつかない。

怖いし、不安だ。

からかわれているのなら、本気にした自分があとで馬鹿にされて笑いものになる。

優花はそれを恐れていた。

「……サーシャだって、出会う女性全員を同じように口説いていると思われるのは、本意ではないでしょう？」

強張った顔のまま静かに言うと、彼は「してやられた」という顔で苦笑する。

「確かにそう思われては心外だ。では、優花はどんな言葉が欲しい？　何を言われたら安心する？」

面白そうに輝いているアレクサンドルの目は、ゲームを楽しんでいるかのようだ。優花の反応をつぶさに見て、どうやったら上手に攻略できるかを頭の中で素早く計算しているように思える。――考えすぎなのかもしれないが。

「私が望む言葉を言って私を安心させて、サーシャは満足ですか？　……すみません。私、何言っているんだろう」

ひねくれた言葉を言って、彼を困らせるつもりはない。

ただ優花は、この自分が自分でなくなりそうな状況から逃げたいだけだ。

「私は自分がとても普通だと分かっているので、サーシャみたいな人にアプローチされると、どうしていいのか分からないのです。からかわれていると分かって大人の対応をすればいいのか、真に受けて恥じらえばいいのか、本当に分からなくて」

混乱したあと、優花は思っていることを素直に打ち明けた。

言葉が素直になると、体も素直になる。

赤面したまま彼に目を合わせられず、視線は彼のネクタイのあたりに落ちる。

『……参ったな』

アレクサンドルはフラクシニア語で呟き、口元を覆って酒瓶が並んでいる方を見た。

（……ああ、呆れられたんだ。男性を上手にあしらうこともできない子供だって思われた。でも、本当にこんな風に口説かれたことなんてないから、分からないんだもの）

気まずく黙っていると、アレクサンドルが両手で優しく手を包み込んできた。

「……え？」

それまでグイグイ迫ってきたのとは異なる雰囲気に、優花は顔を上げる。するとどこか照れたアレクサンドルが微笑んでいた。

「私が思っていたより、優花はずっと素直で純粋な女性だった。試すようなことを言ってすまない」

「……え、あ……はい」

（試されていたの？）

状況が理解できず、優花は内心で首を傾げる。

「私の思いを素直に言おう。もともと私が日本びいきだということは知っているね？」

「はい。フラクシニアの公式サイトにもそのように書かれています」

「私はアジアという神秘に包まれた地域がとても好きで、その中でも日本を格別に愛している。学生時代に留学したこともあるし、フラクシニアに日本食のレストランや直営ショップを作ろうと試みている。日本人が食べる物はとてもヘルシーで有名だしね」

「そうですね。納豆は好き嫌いがありますが、味噌や醬油(しょうゆ)、豆腐やしらたきなどはヨーロッパにも進出していると聞きます」

先ほどの甘い雰囲気とは打って変わって、会話の内容はとても真面目だ。何がどうなって日本の話になったのか分からないが、こういう話題なら対応できる。

「加えて私は日本人女性が好きだ。真っ直ぐな黒髪や、控えめで芯の強い性格に惹かれている。親心な心が根付いているのも、とても素敵だ」

「ありがとうございます」

彼の言葉に、日本人女性を代表して礼を言う。

「優花からそれらを感じた。クライアントであるミスター富樫を気遣い、私たちにも気を使ってくれる。フラクシニア語が話せるのも好感が持てるし、世界中を見て回った経験も尊敬に値する」

「……褒めすぎ、です」

面映(おもは)ゆくなってまた視線を落とした優花の手を、アレクサンドルは何度も優しく撫でる。

「私は君の経験すべてに敬意を表する。だから……好意を抱いたんだ」

先ほどまでの熱っぽい眼差しから一転、アレクサンドルは柔らかな視線を注いでくる。

「ありがとうございます。ご好意は嬉しいです。ですが――」

きっぱりと断ろうとして、優花はハッと勝也に言われた言葉を思い出した。

『この際だから色仕掛けでも何でもして、皇太子に気に入られて来いよ』

途端にふわふわしていた気持ちが冷え、嫌な汗が浮かぶ。

（そうだ。私は個人でフラクシニアに来ているのではなくて、勝也さんの通訳として滞在しているんだ。クライアントである彼の利益になることを考えなくてはいけなくて……）

果たしてそれは通訳の仕事だろうか？　という疑問はある。

それに勝也のため、彼の会社のために色仕掛けをすると思うと、素直に従う気持ちになれない。だがここで〝皇太子のお客さん〟をしただけなら、あとで勝也に何と言われるか分からない。

ぎこちなく決意し、優花はそっとアレクサンドルの手を握り返す。彼は「おや？」という顔をしたが、優花を探るように見つめて指を絡ませてきた。

「……私の気持ちに応(こた)えてくれようとしている、と考えていいのかな？」

「お、お話を聞く程度なら……と」

「ふむ」

優花の態度をどう取ったのか、アレクサンドルは一度頷いて手を離した。

立ち上がり、バーカウンターの向こうに立つ。

「それなら、もう一杯ぐらい飲んでおこう。優花、君のフラクシニアでの思い出を話してくれるか？　私も自国のことを聞けると嬉しいから」

「はい」

優花は想像していた展開にならなかったことに安堵し、残っていたカシスオレンジを飲み干した。アレクサンドルに「何が飲みたい？」と聞かれ、「甘い物でお任せします」と頼む。

彼は流れるような手つきでカクテルを作り始める。

ベースとなる酒が琥珀色だったので、ブランデーなのだろう。それに白い液体――生クリームが注がれ、ボトルに『カカオ』と書かれた酒がシェイカーの中に注がれる。

シャカシャカと小気味いい音を立ててシェイカーを振る姿に、優花は思わず見とれた。背後でジャズが流れていることもあり、まるで映画のワンシーンのようだ。

やがてシェイカーを振る速度がゆっくりと落ち、優花の目の前に冷やされたカクテルグラスが出された。シェイカーの中身がトロリと注がれる。

「どうぞ。アレキサンダーです」

芝居がかった口調で勧められたカクテルは、奇しくも彼の名と似ている。

それがどうにもロマンチックで、気恥ずかしい。

「ありがとうございます」

チョコレート色のカクテルの香りを嗅ぐと、ベースとなるブランデーの香りと共にカカオの美味しそうな匂いもした。

「いただきます」

グラスに唇をつけ一口飲むと、チョコレートの甘さと生クリームの滑らかさに思わず笑顔になった。ブランデーのアルコールによって、あとから体がポッと熱くなる。

「美味しい！」

「ブランデーは控えめにしておいたけれど、甘いからといって油断したら酔ってしまうからね」

その気になれば酔わせてしまうことだってできるのに、アレクサンドルはどこまでも紳士だ。

「私、今まで全然カクテルのことを知らなかったんだなって思います。居酒屋とかに出る有名なのしか知りませんでした。興味を持たなかったというか……」

「世界は素晴らしいもので満ちている。一つを徹底するのも美しいし、多くを知ろうとするのも美しい」

歌うように言った彼は、自分用にまたジンライムを作った。

「人のあり方を『美しい』と言えるのって素敵ですね」

思わず本音をポツリと呟くと、アレクサンドルが魅惑的に微笑む。

「それは……単純に褒めている？　それとも私に興味を持ったと思っていい？」

「う……」

誤魔化すように、口に含んだ甘いお酒をごくんと嚥下(えんげ)する。カクテルを飲んだのに、アルコールではない理由で顔が赤くなっていく気がした。

（ダ、ダメダメ。ときめいていないで、勝也さんのために色仕掛けしないとならないんだから）

ぐっと決意し、優花はアレクサンドルにフワリと微笑みかけた。

「きょ……興味は、ありますよ？」

目を伏せ気味にし、食事が終わったあと隣接していた化粧室で直した唇を少し強調するように、ちょんと突き出す。リップの艶(つや)を強調したあと、カクテルを静かに飲んだ。

ゆっくりと脚を組むと、イブニングドレスのスリットから膝下が覗(のぞ)く。カウンターに肘を突けば、Ｅカップの胸の谷間が強調された。

チラリとアレクサンドルに目をやると、彼は少し驚いた顔をして優花の谷間を見ている。

（よし！）

優花は内心ガッツポーズを取り、そのままスツールを回転させアレクサンドルに向き直った。

その時にワインレッドのドレスの間から、薄いストッキングに包まれた脚が覗く。

深いスリットが入っていれば、もっとセクシーに太腿が出ていたかもしれない。だが今回はフォーマルなお呼ばれなので、肌を出しすぎないものにした。このくらいなら見られても何とか平常心を保てる。

「フラクシニアでの私の思い出ですが、特にこれと言って珍しいものはないです。まだ小学校に上がる前でしたし、母に連れられて家と幼稚園、公園やスーパーの往復でした。白夜とオーロラの思い出も、薄らとあります。ですが小学校入学と同時に、親の転勤で別の国に移ってしまいました」

「もしかしたら、私は街角で君を見ていたかもしれないね？」

アレクサンドルはニッと笑い、組んだ脚のつま先でツゥッと優花の脚をなぞり上げた。

(えっ……!?)

ドレスの薄い布地越しに革靴の感触がし、優花はビクッと足を跳ね上げ目をまん丸に見開いた。

「どうした？　優花」

驚いているのに、アレクサンドルは大人の余裕たっぷりで笑みを深める。

(け、経験不足の小娘ですってバレたら、終わりな気がする……っ)

かろうじて笑顔はキープしたものの、がちがちに強張っている自信があった。

「こ、こういうことをされたことがなかったので、ちょっとビックリ……しました」

するると彼は楽しそうに目を細めた。

「優花は魅力的だから、私も相応の態度を取らなければ失礼だと思って」

言いつつも彼のつま先は器用に動き、優花のふくらはぎのラインをたどっている。

こういうシチュエーションは、女スパイが活躍する映画で見たことがある。しかし実際に自分がされるとどう反応すればいいのか分からず、泣きそうになった。

だというのに、アレクサンドルは優花の手を取ってまた甲に口づける。

「え……っ」

先ほどはそこのみだったが、今度は手首、腕、肘……と、どんどん場所を上げてきた。

「ちょ……っ、ちょおっ、ま、まま待って!?」

焦って身を引こうとするが、それよりも早くアレクサンドルが立ち上がっていた。

アレクサンドルはカウンターに両手をつき、腕の中に優花を閉じ込めてしまう。驚いて見上げると、彼は捕食者の目で笑っていた。

「あの……」

「キス、させてくれないか？」

「えっ？」

優花は突然の申し出に上ずった声を出し、スツールの上で体を縮こませる。

「君がミスター富樫のために、私に迫ろうとしたことぐらい分かっている。滞在中に君が構ってくれるのなら、彼にとって悪くない条件を採掘会社の社長に伝えよう」

「なっ……ず、狡い……」

体を差し出せというような言い方に、優花の顔から血の気が引いていく。

「先に『そういう』要求を見せたのはそちらだろう？　私は一時の味見のために君に手を出すつもりはない。長期的に考え、澄川優花という一個人と懇意になりたいと思っている」

「どうしてです？　私のような者といても、あなたに得はないでしょう」

少し怯えながらも、優花は彼へ疑問をぶつけた。

こうして二人きりで飲んでいること自体、不思議でならない。フラクシニアに住んでいたという理由で興味を持たれたのは分かる。だが皇太子手ずからカクテルを作ってくれた上、こんな風に迫られる理由はない。

嫌ではないし、想像を絶する美形に迫られて夢見心地だ。

だからこそ親密な関係になれば、自分が変わってしまいそうで恐ろしかった。それに優花には勝也がいる。求婚の返事を我慢強く待ってくれている彼がいるのに、不誠実なことをしてはいけない。

「得……ね。君は恋をする時、損得で始めるのか？」

「し、しませんけど。こ、恋？」

声を裏返らせてのけぞる優花には、もう誘惑してやろうという意思すらなかった。アレクサンドルの圧倒的な色香に気圧されている。

いっぽう彼は優花をカウンターに閉じこめたまま、ゆっくり顔を近付けている。

「脅したい訳ではない。だがこうでもしないと、君は私に何も許してくれないだろう？」

二人の顔は、今にも吐息が掛かりそうなまで接近していた。

間近で見る彼の眉毛も睫毛も金色だ。優花は薄い色の目の奥にある黒い瞳孔に、魅入られたように見つめる。

その時――あろうことか下腹が疼いてしまった。

――ありえない！

瞬間、優花は発火したように赤面し、身をよじってアレクサンドルから逃れようとする。すると、彼の大きな手に頬を包み込まれた。

「顔が熱い。どうかしたか？」

余裕たっぷりのアレクサンドルの前で、優花は涙目になり、「だめ、だめ」と繰り返して彼の腕から抜け出そうとする。

「優花、落ち着いて」

「だめ……っ、ごめんなさい！　私、そんなつもりじゃ……っ」

アレクサンドルの顔を見ただけで自分の〝女〟の本能が疼いてしまったことに、優花は酷い罪悪感を覚えていた。

――こんな綺麗な彼の側に、私みたいなのがいてはいけない。

今までにない自分への卑下が、更に情けなさを助長させる。

「優花！」

強い声に我に返ると、目の前に綺麗な青が映っていた。

一瞬それに見とれたあと、唇が柔らかなものに塞がれる。

「ん……っ？　ん……んぅ」

驚いて顔を振ろうとしたが、唇が啄まれ、軽く噛まれ、柔らかな舌で舐められてフワフワとした心地になる。

力強い手が背中に回り、グッと抱き締められた。

グラスが滑る音がし、カウンターの上にあった邪魔者が退場させられる。遮る物がなくなった大理石の上に、優花の背中が押しつけられた。

「んぅうっ」

――冷たい。

背中が開いたデザインなので、大理石のヒヤリとした感触を直接感じる。思わず下着の中で乳首が勃ってしまった。

唇が一瞬だけ解放され、その隙に息をすると、アレクサンドルの高貴な香りをたっぷりと吸い込むことになる。

上品な匂いに酩酊していると、すぐにまた唇が塞がれ、油断した唇のあわいにトロリと舌が入り込んできた。

「ん……ふっ」

柔らかな舌の甘美さに、思わず腰が浮きそうになった。しかし優花の脚のあいだにはアレクサンドルの太腿がグッと入り込み、身動きすることが叶わない。

結果、優花は体をゾクゾクと震わせたまま口腔を蹂躙された。

微かにライムの香りがする舌が口内を這い、逃げようとする優花の小さな舌をすぐに探り当てた。ツルツルとした舌先が優花のそれに擦れ、理性が根こそぎ持って行かれそうになった頃、本体が絡まってくる。

「ふ……っ、ん、ふぅ……っ」

息継ぎも許さない長いキスに、優花は小鼻で懸命に呼吸をし体をわななかせた。両手はどうしたらいいのか分からなかったが、結局彼のシャツの袖を軽く掴む。

優花は腰を手で支えられ、両太腿のあいだに彼の脚を押しつけられた格好で、混乱の極みにいた。だというのに極上のキスを与えられ、頭がボーッとする。

加えてアレクサンドルは優花の頭をいい子いい子と撫でるので、このキスは〝良いもの〝なのだと思い込まされそうになる。

「あ……は」

切なげな吐息が漏れ、やっと唇が解放されたのは、たっぷり一分ほど経ってからだった。

「落ち着いたか？」

至近距離で聞く低い声が、下腹に響いてしまう。

「素敵な声だな」と思っていた気持ちは、今や淫らな下心を纏う。優花はそれが情けなくて堪らなかった。

「すみ……ません」

マスカラが滲んでいるかもしれないなど、もうどうでも良かった。

一国の皇太子の前で〝メス〟の顔になってしまった自分が許せない。

――何という不敬だろう。

加えて勝也がいるというのに、アレクサンドルにキスされてしまうなんて。

「どうして謝る？」

この上ない罪悪感と自己嫌悪に陥っているのに、彼は優花の頬にキスをしてくる。

慰めるようにちゅ、と唇をつけ、涙が滲んでいる目元にも唇を押し当てた。

「わ……私、サーシャを見て……」

そこから先は言えなかった。

きゅう、と唇を引き結び、優花は言葉も涙も堪える。

「……いじめすぎたかな？　すまない、優花。君がミスター富樫のために色仕掛けをしようとするから、少し意地悪してしまった」

「……意地悪？」

「私はずっと、優花を一人の女性として気にしていると言っていた。なのに君は躱してばかり。やっと私に靡いたと思ったら、ミスター富樫のためだ。そりゃあ嫉妬もするさ。だから少し懲らしめてやろうと思って」

「……」

何と答えればいいのか分からず、優花は言葉を探す。

しかも、ドレスの布越しに下腹に押しつけられている彼の熱が芯を持っていることに気付き、赤面した。

「私はサーシャの言葉に何と応えればいいですか？　日本人の私がフラクシニアの皇太子に『嫉妬する』と言われても、どうすればいいか分かりません」

途方に暮れる優花に、アレクサンドルは困ったように笑った。

「……君が自分の気持ちを分かっていないのなら、私も導きようがないな」

そこでやっとアレクサンドルは体を離し、置き時計を確認した。

もうすでに、日付が変わるか変わらないかという時刻まで針が進んでいる。

「お互い明日の予定があるし、今日はもう休もう。君の客室まで送るから行こうか」

「……はい」

カウンターの隅に追いやられた空のグラスを見て、優花はそっと息をつく。

――こんなはずじゃなかった。

――もっと上手く立ち回れるはずだった。

大人の女性らしく接し、勝也が有利になる会話に導くつもりだった。なのに蓋を開ければ、美しい男性に口説かれて我を忘れてしまった。

反省している優花にアレクサンドルは「行こうか」と告げ、脱いだジャケットはそのままに部屋を出る。

「街のホテルにあった君の荷物は、もう部屋にあるはずだから」

「はい」

「いきなりキスをして怒っているか？」

「……いいえ」

――その前に、優花の方がアレクサンドルを性的に見てしまった。

あまりの後味の悪さに、素直に告白することもできない。

「では、明日続きをしても大丈夫？」

「へっ？」

驚いて隣を仰げば、悪戯っぽく笑った目が優花を見下ろしていた。

「冗談だ。君が私を『好きだ』と言ってくれるまで、キス以上のことはしないよ」

「も、もう……」

焦りと照れで唇を尖らせた優花を見て、アレクサンドルはクスクス笑う。

からかわれたと思うと同時に、皇太子である彼を随分身近に感じて微笑ましくなる。

三十歳というと大人に聞こえるが、優花より四つ年上なだけだ。皇太子としての振舞いは完璧でも、まだ子供っぽいことが好きかもしれない。

（そういう意味では、私は彼を一個人として見ていなかったのかも）

それに比べ、アレクサンドルは最初から優花を個人的にもてなしてくれた。

皇太子という肩書があるため仕方なかったとはいえ、数時間かけてやっと心の壁の一枚目を取ることができたのだが、何という手間を掛けさせてしまったのだろう。

彼の素直な好意に対し、優花は自分の固い態度をまた反省した。

「明日はどのようなご予定ですか？」

「夏至祭の下見をする予定だ。連日国内をあちこち移動したり、海外からの賓客をもてなしたり……。色々働いているよ」

少し冗談めかして言う彼に、優花はそんなつもりではないと首を振る。

「い、いえ。明日は私たちどうやって過ごしていたらいいのかな……と」

「ああ、なるほど。ヨハンは私についているが、他にも君たちの案内をする者はいるから安心してほしい。観光のために開放している宮殿内部を探索してもいいし、街を歩いても構わない。外出して宮殿に戻る時は許可証を渡すから、それを見せれば大丈夫だ」

「ありがとうございます」

廊下はシンとしている。

どこかに警備やこの時間になっても働いている者がいるだろうが、さすがにアレクサンドルが歩く場所には出てこないようだ。

階段を上がり入り組んだ廊下を進むと、アレクサンドルが「あそこだ」とドアを示した。

光沢のある木材のドアで、ドアノブは細かな彫刻が施(ほどこ)された金属製だ。

他のドアも同じようなデザインなのは理由があって、攻め入られた時にすぐどこに王がいるか分からなくするためらしい。

「じゃあ……」

このあたりで、と礼を言おうとした時、信じがたい音が聞こえて固まった。

優花の部屋の隣から、ギシギシと何かが激しく軋(きし)む音と、女の甘ったるい声が聞こえる。

まさか——と思うが、情事の音のようだ。

アレクサンドルもそれに気付いたのか、軽く目を瞠(みは)って立ち止まる。

「あん……ぁ、あ！　勝也ぁ……っ、ン、かつやぁ」

「——————！」

次に聞こえた声に、優花は冷水を浴びせられた気分になった。

信じたくない。

信じたくないが。

これは、勝也が沙梨奈を抱いている音だ。

第二章　傷心

優花は廊下で足の裏が床に貼り付いたように動けなくなっていたが、アレクサンドルが部屋の中へ誘導してくれた。

呆然としたままソファに座らされ、隣に彼が腰掛ける。

そして「男の膝枕でも効果はあるかな？」と独り言(ひとりご)ちたあと、彼は優花の頭を引き寄せた。

ポン、ポン、と優しく頭を撫でられ、優花は気が付けば大粒の涙を流していた。

彼の上等な服を涙で汚してしまうことも失念し、グスグスと洟を啜りメイクが落ちるのも構わず泣きじゃくった。

「けっこん……っ、してほしいって言ったくせに……っ」

——保留にしていたから？

——それとも、自分より前から沙梨奈と関係があった？

——簡単に体を許さない自分は、つまらないと思われていた？

何をどう考えても、正解が出ない。

当の勝也がここにいないので、彼が何を考えて沙梨奈を抱いたのか分かるはずもない。

醜い自分は、勝也が「沙梨奈とは遊びで、本気なのは優花だけだ。すぐに手を切って解雇するから、許してほしい」と言うと望む。

——だがもしかしたら、キス以上をさせない自分より、したい時にさせてくれる沙梨奈の方がいいのかもしれない。

「も……っ、信じらんない……っ」

優花は両手で涙を乱暴に擦り、悪態をつく。

きっと目元はマスカラが落ちて真っ黒になっているに違いない。泣いて、洟を垂らして二人が別れることを望んで。——なんて醜い。

「優花、おいで」

それまで優花を宥めていたアレクサンドルは彼女を抱き上げて膝の上に座らせた。

メイクが崩れた顔を見ても彼は何も言わず、労る目で見つめ「たくさん泣きなさい」と抱き締めてくる。

「……っ、う――うっ」

優花は逞しい体に抱きつき、肩を震わせた。

この商談旅行が終わったら、勝也に返事をするつもりだった。

打ち上げのディナーで、「あの話、お引き受けします」とプロポーズをを受け入れる予定だった。

それが――全部崩壊した。

ほんのりと頭の片隅に描いていた結婚生活も、将来の見通しも全部なくなった。

いくら好きでも、自分に求婚しておきながら他の女性を抱く男など信頼できない。

――憎らしい。

――勝也も、今まで仲良くするふりをしながら、横から恋人を奪った沙梨奈も。

――何より、簡単に騙されていた自分がバカみたいだ。

優花はアレクサンドルの胸元に顔を押しつけ、呼吸困難になりそうなほど激しく嗚咽した。

たくさん泣いたあと、優花は豪奢なベッドの上に横たわっていた。

アレクサンドルが泣き疲れた彼女を横たえてくれたのだ。

彼も服を着たまま隣に寝転び、優花の体に腕を回している。

今は何時か分からないが、恐らく深夜は過ぎているだろう。

「……寝なくていいんですか？」

彼は自分に付き合ってくれたのに、疲れた声で間抜けなことを聞く。

「そんなことを言える状況じゃないだろう。今日はこのまま一緒にいよう」

「え？」

それは……と思い顔を上げ、まじまじとアレクサンドルの顔を見る。

すると彼はチャーミングにウィンクをしてみせた。

「弱った優花を抱きたい下心がない訳じゃないが、スマートじゃない。こんな夜に一人で異国の地にいて、どれだけ心細いか分かっているつもりだ。私も留学経験があるからね。だから、側にいる」

「……ありがとうございます」

抱いてしまいたいと言ったのは、恐らく空気を和ませるためだろう。そんな気遣いが今はとても心に染みる。

「落ち着いたか？」

「……あなたが側にいてくださったから」

子供のように泣いたあとはスッキリ……でもないが、あのろくでもない男への想いを断ち切る覚悟ができた。その勇気を出せたのは、アレクサンドルが側にいてくれたからだ。

だが、契約している仕事はきちんと終わらせなければいけない。

勝也と沙梨奈の姿を見るのは辛いが、契約更新時期になるまでは我慢だ。

「じゃあ、気分転換にシャワーに入っておいで。私も一度着替えてくるから」

「シャワー……はい……」

チラリと彼を見ると、困ったように笑う。

「そこは信頼してほしいな。さっきのキスの流れでも、強引に抱かない理性を見せたのだから」

「……ふふ。そうですね」

どこかの誰かとは大違い――と毒を吐きかけて、やめた。

せっかくアレクサンドルが貴重な時間を割いて慰めてくれたのだ。これ以上自分の中の醜い感情を育ててはいけない。

広いベッドの上で起き上がり、靴を脱いだまま部屋を横切り、バスルームのドアを開いた。

隣室には広々とした空間に猫足のバスタブとシャワーボックスがある。金縁の模様がついた丸い大きな鏡と大理石のボウルはエレガントで、高級ホテルのようだ。

その鏡を覗き込んで——優花は悲鳴を上げかけ、呑み込んだ。

(目元!! 真っ黒!!)

よくぞまぁこの顔を見て、アレクサンドルはパンダだと笑わなかったものだ。

羞恥のあまり真っ赤になり、優花はとっさにタオルを掴んで頭に被った。

そのままソロソロと部屋に戻り、自分のスーツケースに手を伸ばす。

「何をやっているんだ? 新手のゲームか?」

分かっているくせに、アレクサンドルは面白がった声で尋ねてくる。

「な、何でもありません」

「優花はどんな顔でも愛らしいから、恥ずかしがることはない。泣いていたんだからメイクが落ちるのは当たり前じゃないか」

「も、もぉ、そういうことじゃなくて……」

どうしても顔を見せたくないのは、女の意地だ。

「なんなら、一緒に風呂に入って綺麗にしてあげようか?」

からかうような言い方に、優花は居たたまれなくなる。

「あ……あの、お洋服汚してしまいませんでしたか？　クリーニング代……出します」

顔を隠したままなのも失礼だが、上等な服を汚してしまったのならちゃんと弁償したい。

「いや、気にしなくていい。シャツの一枚や二枚、大したことないから」

涙だけではなく、ファンデーションや落ちてしまったマスカラなど、諸々ついてしまっているだろうに、アレクサンドルは構わないと言ってくれる。

勝也だったら——と思いかけてブンブンと首を振った。

「すみません、ありがとうございます。このご恩、何かで必ずお返しさせて頂きますね。私に何ができるかは分かりませんが、あなたは恩人ですから」

お風呂場のおじさんかほっかむりか……という滑稽（こっけい）な姿のまま、優花はアレクサンドルにペコリと頭を下げる。

「〝何か〟は期待しておこうかな。じゃあ、優花に気を使わせてもいけないから、私は先に着替えてくる。戻ったら部屋に入っていても大丈夫か？」

「え、ええ」

（本当にこの人は一緒に寝るつもりなのかな？）

疑問に思ったが、ここまで付き合ったのだから、とことん面倒を見てくれようとしているのかもしれない。

「分かった。じゃあ、またあとで」

ベッドに腰掛けていたアレクサンドルは、立ち上がって部屋を出て行った。

どれぐらいで戻って来るかは言わなかったが、優花がシャワーを浴びる時間は考慮してくれそうだ。

「……急いでシャワー浴びよう」

優花は洗面セットを入れたポーチを探し、テキパキと手を動かした。

「っぷぅ」

メイクをしっかり落として洗顔し、髪と体を洗うのはシャワーボックスで済ませた。

本当はゆっくりお湯に浸かりたいが、待たせてはいけない。

寝間着にキャミソールを着てショートパンツを穿き、バスローブが用意されていたのでそれを羽織った。さすがに彼の前で肌を剥き出しにする訳にいかない。

ドライヤーで髪を乾かしながら、これから彼と添い寝するのだと思うと、緊張して胸が高鳴る。

「いや……。慰めの添い寝だけだし」

〝だけ〟と言っても、男女が同じベッドに寝るので、いかがわしいことを想像してしまった。

「いやいやいや……」

ブンブンと首を振り、もう一度鏡を覗いてみる。

メイクをしていないのでハイライトもシェーディングもない、のっぺりとした日本人顔だ。一応二重だが、くっきりハッキリ美女顔でもなく、平均的な顔だ。

おまけにメイクを落としたので幼さが出てしまっている。

これで前髪があると、必ず海外で「いくつですか？」と質問されるので、最近はずっと額を出したままだ。

「……はぁ。日本人なのは変えられないものね」

鏡の中の自分に向かって曖昧に笑ってから、優花はドアノブに手を掛けた。

「早かったね」

部屋のソファには、紺色のパジャマの上にナイトガウンを羽織ったアレクサンドルがいた。

彼もシャワーに入ったのか、セットされていた髪が下りていて少し幼い印象になっている。

「い、いえ。お待たせしてすみません」

優花は脱いだドレスを袋に入れると、手持ち無沙汰に立つ。

「座ったら？　冷たい水はどう？」

持ってきたのか、この部屋の冷蔵庫にあったのか、テーブルの上にはミネラルウォーターのペットボトルが二本あった。グラスも二つ用意されてあって、アレクサンドルは先に飲んでいる。

「ど、どうも」

彼の向かいに座ると、アレクサンドルが水を注いでくれた。

「……少しは落ち着いた？」

すっぴんについて触れないのはありがたい。加えて傷心の優花を気遣ってくれる気持ちが嬉しい。

「……たくさん泣いたらスッキリしました。明日顔を合わせたら、きっぱり別れを告げます。結婚を申し込まれていたのもお断りします。……仕事はちゃんとやり遂げたいですが」

「なぜ？」

「え？」

どうして「なぜ？」と言われたのか分からず、優花は目を瞬(しばた)かせる。

「君を傷付けた男のもとで、これからも働き続けるのか？」

「で、ですが……仕事の契約は守らなければいけません。個人的な感情で仕事を捨てれば、信頼がなくなります」

「職場でミスター富樫とミズ足立を見ていて、辛くならないのか？」

「……公私混同はしません」

そう言うが、本当は嫌だ。

だが仕事というものはそういうものだ。「会社に会いたくない人がいます」は、きっと程度の差はあれど誰にでもある。

あまりにハラスメントが強い場合は辞めて正解かもしれないが、優花の場合、ハラスメントとは違うし、職場恋愛をした自分にも落ち度がある。

「私は反対だ。これ以上ミスター富樫と一緒に仕事をしても、君にとってメリットはない。精神的な負担があれば、仕事の質も落ちるだろう。彼との契約を切ることを勧める」

いつも柔らかな印象のアレクサンドルが、今ばかりはピシリと厳しい言い方をする。まるで上司のようだ。

アレクサンドルの言うことを聞く義理はない。だがよくよく考えてみれば、彼の意見にも一理あるような気がした。

今後二人と同じ職場にいて、気にしないなど無理だ。一日中悩むだろうし、集中力も落ちる。

勝也との契約だけでなく、他の仕事に影響があってはいけない。

「……分かり……ました」

勝也との優先契約は一年ごとに更新で、最初に結んだのは七月だった。現在は六月なので、契約を切りたいと申し出るのなら今だ。すぐに勝也との仕事をゼロにするのは難しいだろうが、少なくとも彼を優先する契約は終わらせ、他のクライアントとの仕事を増やす中で徐々に減らしていけば……という消極的な願いが浮かぶ。

「そうした方がいい」

アレクサンドルはグラスを持って、乾杯するように掲げてくる。何の乾杯かよく分からないが、優花もグラスを持って近付けると透明な音がした。

「君のこれからに祝福を」

薄い色の目が細められ、唇が優花の幸せを祈る。

——あぁ。

と、優花は心の中で深い溜め息をつく。

皇太子という立場だから、アレクサンドルは大人なのだろうか。

年上であることも要因だろうが、冷静で感情的にならない。

きっとたくさん決断を求められ、その都度最良の判断を下したのだろう。

彼が側にいて、保護者のように接してくれているからこそ、優花もこうして落ち着き、立ち直りかけている。

日本の女友達が一緒なら愚痴大会になり、いつまでも負の感情を引きずっていたかもしれない。彼のようにすぐ〝これから〟を考えられなかっただろう。

「ありがとうございます」

「どういたしまして」

様々な意味を込めて礼を言うと、アレクサンドルは深くを聞かず頷いた。

「早めに帰国しようかな」

ポツリと呟いた言葉に、アレクサンドルが目を瞠る。

「どうして君が帰る？　予定通りここにいればいい」

「ですが……」

あの二人といたくない。

そう思って言いよどむと、彼が不可解なことを口にする。

「ミスター富樫と、ミズ足立については、私に任せてくれないかな？」

「え？　で、ですが……」

優花は彼がどうするつもりか分からず、目を瞬かせる。

「私が招いた客は、私が責任を取らなければいけない。私も彼らに一言伝えたいしね」

「……はい」

アレクサンドルが二人に何を言うか分からないが、宮殿は一般人が勝手をしていい場所ではない。

なので、彼の言う通りにするのが正解なのだろう。

ひとまず勝也と沙梨奈のことは考えないようにしようと思った。

時計を見れば、深夜一時半を過ぎようとしていた。

となると、皇太子と添い寝するミッションが待ち受けている。

「今日は何もしないから、一緒に寝よう」

そう言ってアレクサンドルが手を差し伸べてくる。

優花は彼の掌におずおずと指先を置いた。優しく握ってきた手は、温かい。

「『今日は』ってなんですか……」

メイン照明を落とし間接照明だけになった部屋は、城の一室だけあって浮き世離れしている。

アレクサンドルはナイトガウンを脱ぎ、先にベッドに潜り込む。優花もベッドに入る前にバスローブをサッと脱いだ。

ベッドには大小様々なクッションが置かれている。アレクサンドルは慣れた手つきで使わない物をポイポイと床に落とすと、「こうすると寝心地がいいよ」と枕を組み合わせてくれた。

クイーンサイズはありそうな大きなベッドに胸を高鳴らせて横になると、嗅ぎ慣れないシャンプーの香りが鼻腔に届く。

「緊張してる？」

薄闇の中で、アレクサンドルが優花を見つめる。

「そりゃあ、男性と一緒に寝るなんて長らく経験がありま——」

自ら〝ご無沙汰〟であることをバラしかけ、優花はバッと両手で口を塞いだ。

「い、今のナシで！」

慌てて取り繕うが、アレクサンドルは虚を突かれた様子で尋ねる。

「君、ミスター富樫とベッドインしていなかったのか？」

「……」

何とも答えづらく、優花は唇を歪ませる。

先ほどあれだけ嫉妬して泣きじゃくっていたというのに、彼と寝ていなかったなんて笑われるだろうか？

焦っていると、アレクサンドルがふぅ……と息をついた。

「良かった。失礼だが彼との関係をもう一度聞いても？」

声の調子から、真面目に聞かれている。優花は少し迷ってから、正直に答えることにした。

「……キスだけ、です。服の上から胸を触られた時もありましたが、結婚してからにしようと断っていました」

薄闇の中でアレクサンドルが「Ｙｅｓ」と呟いたのが聞こえた。

「じゃあ、さっき君とキスをした私は、彼と同じラインに立っていると考えていいね？」

「そ、そういうことになりますが……」

おずおずと答えると、アレクサンドルが身じろぎした。

「触れてもいいか？」

「……抱き締める程度なら」

許可を与えると、彼の腕が体に回り、背中に大きな掌が当たった。優花の背中を丸く撫で、ポンポンと宥めるように叩いてくる。それが波だった心を落ち着かせてくれた。

やがて優花はすっぽりと彼の腕に包まれた。額に唇が押し当てられ、「可愛い」と呟かれる。

「提案だが、これから一か月、私の恋人にならないか？」

「え？」

またこの皇太子は、突拍子もないことを言ってくる。

「そうしよう。私と恋人契約を結ぼう。給金も弾むから、そのぶん真面目に仕事をしないか？」

いい思いつきをしたという彼に、困惑するしかない。

「えっと……ご冗談で？」

「大真面目だが？」

驚いたアレクサンドルは、ふざけている訳ではないらしい。

「そ、その契約はどういう内容なのでしょう？」

優花は吐息が触れるほどの距離で、おずおずと尋ねる。

不意にキスをされた時に、体に下半身を押しつけられたことを思い出す。

〝アレ〟の感触が蘇り、優花はゆでだこのように赤くなる。

「うーん……。段階によって給金も変わるかな？　デートをして添い寝やキスなら、日給いくらとか。それ以上してもいいのなら、倍にするとか」

「そ、それって、いかがわしくないですか？」

当惑しきって質問すると、アレクサンドルはクツクツと笑う。

「確かに、お金を払って男女の関係になるのはいかがわしいな。だが私は今のところ、こういう手段でしか優花に手を出せない。このまま一週間宮殿にいても、君に男として意識してもらえそうにない」

「だ、だって……。私とサーシャは身分が違いますし、そんな仲になるなんて想像できません」

「それだ」

トン、と指先を額に置かれ、思わず目が寄りかける。

「私は優花に好意を抱いている。契約を結ぶ一か月のあいだ、君も私を好きになる努力をしてくれないか？」

「そんな……」

優花は口ごもる。

契約でも彼を好きになろうと努めて接すれば、いずれ本気になるのは目に見えている。彼のような人を好きになって、あとで別れて落ち込むのはごめんだ。

「君を傷付けることはしない」

確かに、何でもそつなくこなしそうな彼なら、女性を下手に振る真似はしないだろう。

それでも戸惑っている優花に、アレクサンドルは言葉を重ねる。

「じゃあ、こう考えないか？　この宮殿の住まいも食事も一流ホテル並みだ。加えて私は君を恋人として真剣に愛し、毎日甘やかし、この世の幸せを味わわせよう。その対価を、君は恋人のふりをすることで払うんだ」

「う……」

正当な対価と言われると、断りづらくなる。

勝也たちのことで悩んでいるのは事実で、彼らと同じ飛行機で帰るのも憂鬱だった。

加えてこのままフラクシニアから離れるとしても、勝也に裏切られた思い出が残ってしまう。

なら――少しくらい後腐れのない関係を楽しんで、良い思いをしてもいいのでは？

（勝也さんだって、沙梨奈さんと楽しんでたし）

当てつけの感情があったのは否(いな)めない。

優花はそんな狡(ずる)い感情に目を瞑(つぶ)り、唇を震わせ返事をした。

「……わ、かりました。そのお話、お受けします」

「交渉成立だ」

アレクサンドルがニコッと笑い、また額(ひたい)にキスをしてきた。

「私なら君を泣かせない。他の女性に目を向けない。明日にでも契約内容を文書に纏(まと)めよう」

「はい」

皇太子と契約で恋人関係になるなんて、思ってもみなかった。まだ気持ちが追いつかないが、勝也に手ひどく裏切られた今なら何だってできる気がした。

「じゃあ、契約前だけど、キスをしようか」

楽しげに目を細めたアレクサンドルに耳を摘まれ、頬を親指で優しく撫でられる。

いつの間にか優花の体は仰向けにされていた。

「あの――ん」

いい香りがする、と思った瞬間、柔らかな唇が重なった。

彼の唇はマシュマロのように柔らかい。二人のあいだでふにゅりと唇が潰れ、上唇と下唇が何度も啄まれた。

「あぁ……」

優しい感触に思わず吐息を漏らすと、それすら奪うようにアレクサンドルがキスをした。

「ん……ん」

彼との初めてのキスは驚きのまま終わったが、今は優花も舌を伸ばして応えられる。

舌先同士がトロトロと擦れ合い、色めいた吐息が混じった。

「あ……」

アレクサンドルの舌がクチュリと絡みつき、ジュンと下腹部に疼きが走る。彼の舌が優花の舌を舐め、ツルツルと弄ぶたびに優花の下肢が熱く濡れていく。

「ん……んぅ、ふ……」

歯列をなぞられ、前歯の裏側をくすぐられると鼻から抜けた声が出た。力が抜けて頭がボゥッとなるなか、横になっていて良かったと思った。立っていたらきっとへたり込んでいただろう。

最後にちゅうっと唇が吸われ、アレクサンドルの顔が離れた。

「あ、の……」

トロリと蕩けた顔で、優花は物欲しげに彼を見つめる。

「ん？」

だが余裕たっぷりというアレクサンドルは、優花が望まない限りこれ以上のことはしなさそうだ。

自分からねだるのは、はしたない。だが優花の体に熾火ができたのは事実だ。

しかし今アレクサンドルと最後までしてしまえば、勝也の浮気に対抗して同じことをするも同義だ。

なので彼の優しさにのみ、頼ることにした。

「もうちょっとだけ……抱き締めてください。そうしたら寝ます」

「分かった」

彼はクスッと笑い、額や頭にキスをして、背中を優しく撫でた。

蕩けるようなキスを与えられ、「これ以上したくない」と思えばやめてくれる。彼に宿った欲もあるだろうに、アレクサンドルは我慢して寄り添ってくれる。

何という贅沢なのだろう。

同時に、申し訳ないと思った。

「ごめんなさい」

「サーシャは……その、我慢しているでしょう？　私ばかり要望を聞いてもらって申し訳ないというか……」

「何が？」

そう言うと、彼は頬を緩めた。

「男として当たり前だ。確かに生理現象は起こるが、それを抑えられず女性を抱くのは紳士ではない。頑強な理性こそ、王族に必要なものだと思っている」

「……ありがとうございます」

優花は礼を言って、ギュッとアレクサンドルに抱きつく。

きっとこの人は自分が「ＯＫ」を出すまで、決して境界線を越えないだろう。

「明日、契約内容をよく読んでから……ちゃんと考えます」

彼の体温に包まれていると、眠気が訪れてきた。優花の言葉に応えるように、アレクサンドルが頭をポンポンと撫でてくる。

そうして、優花はいつの間にか寝入っていた。

あれほど嫌なことがあって号泣したのに、とても甘くて優しい夢を見ながら――

＊　＊　＊

翌朝目が覚めると、隣にアレクサンドルはいなかった。

「ん……」

優花は大きなベッドの中で伸びをし、ゆっくりと起き上がる。

移動と昨日一日のゴタゴタで疲れきっていたのに、ぐっすり眠れたので気分は爽快だった。

アレクサンドルの名残を探すように室内を見回すと、テーブルの上にメモ紙が置いてあるのを見つけた。

「書き置きかな……」

手にしたメモには、流麗な筆記体の英文が書かれていた。

『おはよう。よく眠れたことを祈っている。毎朝のルーティンが決まっているのと、君を起こすのが忍びないので、黙って出ていったことを許してほしい。ヨハンが朝食の時間に呼びにいくので、楽な格好で来てほしい。ミスター富樫のことは私が対処するから、君は何も心配しなくていい。これから一か月、君が笑顔で過ごせますように。A』

簡潔な文だったが、そこから彼の気遣いが伝わってきた。

「……勝也さんと顔を合わせるのは憂鬱だけど、もう決めたんだ。強くならないと」

優花はもう一度メモを読んで勇気をもらうと、朝の支度を始めた。

アレクサンドルのメモ通り、テレビを観て過ごしているとヨハンが部屋を訪れた。

「おはようございます」

「これから朝食ですが、ご準備はよろしいですか？」

「はい。……あの、できれば富樫さんたちと一緒ではなく、一人で向かいたいのですが……」

そう申し出ると、ヨハンはにっこり微笑んだ。

「ええ、殿下より承(うけたまわ)っておりますので、優花様のみ先にお迎えに参りました」

きっとヨハンは事情を聞いているのだろう。情けない話だが、二人がかりで守ってくれていると思うと心強い。

〝ミズ澄川〟から〝優花様〟に呼称が変わったのも、それが関係しているに違いない。

「サーシャは何か言っていましたか？」

「きちんとお客様をご案内するようにと」

「……そう、ですか」

あの妙な契約のことは聞かされていないのかと安堵した途端、彼がやけにいい笑みを浮かべて振り向いた。

「そうそう。優花様が殿下の期間限定恋人になられることは、承知しております」

「あの……っ、それはっ」

焦って言い訳をしようとするが、言葉通りで否定のしようがない。アワアワと胸の前で手を彷徨わせる優花を見て、ヨハンは上品に笑う。

「私は殿下が決められたことに口を挟みませんので、お気になさらず」

そう言ったヨハンは再び歩きだし、優花は赤面したまま朝日が差し込む廊下を歩く。

廊下の途中に暖炉があるのは、昔の名残なのだろう。昔は今のような暖房がなかったので、各部屋だけでなく宮殿全体を温める必要があったのだろう。

天井は高く、天使や聖人、天上の人々を描いたフレスコ画がある。昨晩訪れた時は夜だったのでよく分からなかったが、改めて明るい場所で見ると実に美しい宮殿だ。

壁もただの白塗りではなく、大きなアーチを描くように装飾が施されていた。

「今日は歩ける範囲でいいので、この綺麗な宮殿を見学させて頂いてもいいですか？」

「ええ、構いませんとも。歴史や美術的なことを解説できる者を担当につけましょう」

「ありがとうございます」

会話をしながら廊下を進んでいると、美味しそうな匂いが漂ってきた。

「こちらが朝食室でございます」

ヨハンがドアをノックし、優花のために開いてくれた。

広々とした朝食室には、昨晩同様細長いテーブルがある。白いテーブルクロスが掛けられ、人数分の食器やカトラリー、グラスがセットされていた。

その上座にアレクサンドルが座っている。シャツにベスト姿で、ジャケットは壁際にあるハンガーラックに掛けられていた。

優花はライトブルーの五分袖ブラウスに、ダークカラーベースの花柄スカートを穿（は）いた。靴はヒールの低い楽な物を履いているが、きっと失礼にならないと思っている。

「おはよう、優花」

彼は新聞を閉じ、脇にあったワゴンに置く。そこにはタブレット端末や複数の新聞が手に取りやすいように整理されてあった。

「そこに掛けて」

手で示された席は、アレクサンドルの近くの席だ。座ろうとすると、ヨハンが椅子を引いてくれる。

「では私は、お二人を呼んで参りますね」

ヨハンが踵（きびす）を返し、部屋から静かに出て行く。

「気持ちはどう？　落ち着いている？」

「はい。サーシャのお陰です」

「はは。そう言ってもらえると、特別な添い寝ができた気持ちだな」

焼きたてパンの香ばしい匂いを嗅いで空腹が刺激され、一度は失せてしまった食欲がちゃんと戻っているのを感じた。

今日は宮殿を見たいなど話しているうちに、勝也と沙梨奈がやって来た。

「おはようございます、殿下。優花もおはよう」

二人はいつもと変わらない様子だが、優花は昨晩のことを忘れていない。

優花は硬い表情のまま、「おはようございます」と、二人と視線を合わさず挨拶をした。

二人とも宮殿にいる興奮があるらしく、落ち着かない様子でペラペラとよく喋る。アレクサンドルが日本語を話せることも、口が滑らかになる原因の一つだろう。

饒舌な勝也に、アレクサンドルは変わらず人当たりのいい笑みを浮かべて対応していた。沙梨奈のミーハーな質問にも嫌な顔一つせず答える。

（こういうの、ポーカーフェイスっていうのかな）

運ばれてきたバスケットには焼きたてパンが数種類入っていて、アレクサンドルから順番に好きな物を伝えて皿にサーブしてもらう。

勝也はチラチラと優花の方を見て、どうして自分よりアレクサンドルに近い位置に彼女が座っているのか気にしていた。しかし優花はその視線を無視する。

エンドウ豆のポタージュやソーセージやベーコン、玉子料理にサラダが出て、沙梨奈はそれらをいちいち写真撮影していた。

以前ならそんな彼女の行動を微笑ましく見守り、あとでＳＮＳに〝友情いいね〟をし

ていたが、それも今日で終わりだ。SNSとか連絡先も全部削除しないと。人との繋がりを絶って、手間がかかるものなんだな)

ぼんやりと考えていると、給仕がカフェオレを目の前で注いでくれた。

「それはそうと――一つご相談なのですが」

アレクサンドルがコーヒーを一口飲み、勝也に微笑みかける。

「はい、何でしょうか?」

何を言われるか想像していない勝也は、にこやかな笑みを浮かべる。

「申し訳ないのですが、今日中に荷物を纏めてフラクシニアから出国して頂けませんか? 帰りのチケットはこちらで用意してありますので」

今までと変わらない笑みを浮かべ、アレクサンドルはキッパリ言う。

「え……っ。あ、何かご予定ができましたか? それでは仕方ありませんね」

勝也の表情が強張るが、事情があるなら仕方ないと思ったようだ。

ヨハンがスッと歩み出て、銀盆にのったチケットを差し出す。ホルダーに入ったそれは〝二枚〟だ。

「……二枚?」

勝也はその数にすぐ気付き、優花と沙梨奈を見て不思議そうな顔をしている。

すると、ヨハンが温厚な笑顔のまま、事実を突きつけた。

「他国の宮殿をモーテルと勘違いする客は、フラクシニアの宮殿に相応しくないと判断致しました」

「それは……っ」

優花はじっと卓上花を見つめ、カフェオレボウルを口に運んでいた。

勝也と沙梨奈の顔色が変わり、アレクサンドルを見てから縋るように優花に目をやる。

本当はとても美味しいはずなのに、今ばかりは味が分からない。

「他人のプライバシーを覗く趣味はありませんが、昨晩ミズ澄川を部屋まで送る途中、あなたたちの声が聞こえてしまいました。私は自分が生活する建物で、誰かがそのような行為に及ぶなど考えもしませんでした。いつもは弁えている客人を招いているもので、あなた方を招いたこちらにも非はありますが……。という訳で、朝食が終わりましたら速やかに帰国の準備をお願いします」

穏やかに言うアレクサンドルの言葉を聞いて、勝也が必死な表情で優花を見た。

「優花……っ、その」

「……私は――」

優花が何か言いかけた時、それを遮るようにアレクサンドルが口を挟んできた。

「ミスター富樫。ミズ澄川との契約は本日にて解除してください。彼女は一か月後をめどに帰国する予定ですが、今日より後、一切のご連絡をお控え頂きたい。今回の仕事の報酬は指定の口座に振り込み、それであなたは彼女とすべての関係を終わらせてください。そのほうが、お互いのためになります」

先ほどまで得意げに日本の話をしていた勝也は、大事（おおごと）になってしまったこの状況に絶望している。

「違うんだ……。その、旅行の疲れで判断力が低下していたのと、商談が成功した高揚感や、宮殿に迎えられたのが嬉しくて、興奮していて……。それで沙梨奈が……」

「やだ、私のせいにするの？」

長い髪を弄（もてあそ）びつつ、沙梨奈が不快そうに唇を尖（とが）らせる。

唐突に始まった泥仕合（どろじあい）を前にしても、アレクサンドルとヨハンは温厚な笑みを絶やさない。逆にそれが恐ろしくもある。

「殿下には今日のご予定がございますので、どうかお話は帰国後にゆっくりお願い致します」

ヨハンにやんわり言われても、勝也は優花を未練がましく見ている。

「優花、頼む。違うんだ。話を聞いてくれないか？」

突然の沙汰に呆然としていた優花は、勝也に哀願され、ハッと我に返る。だがアレクサンドルが決定したことを、優花が覆（くつがえ）せない。

「……私からは何も言うことはありません」

事前にこうなると知っていたら、もう少し違うやり方をお願いできたかもしれないが、今となってはもう遅い。

「優花、だから……」

苛立った勝也が立ち上がった時、アレクサンドルがテーブルを指でコンコンと打った。

思わず振り向いた勝也に、彼は穏やかな顔のまま告げる。

「しつこい男は嫌われますよ。恋人以外の女性に手を出した時点で、あなたは舞台に立つ資格を失ったのです。フラクシニアという国からの信頼をも失いたくなければ、どうぞこのまま立ち去ってください」

最後に国を敵に回すかと言われ、さすがに勝也も青ざめた。強張った表情のまま朝食室を去ろうとすると、「待ってよ」と沙梨奈も立ち上がる。

「あと一つ言っておきますが、日本でミズ澄川につきまとおうとすれば、すぐに私に連絡が来ることになっています。私は友人としてミズ澄川のバックにつくと約束しましたから、それもお忘れなきよう」

「……分かりました」

渋面になった勝也は、一礼して退室していった。沙梨奈も後を追おうとした時、アレクサンドルが声を掛ける。

「ミズ足立。念のため、あなたも下手な行動はとらないよう。お互いのためにもお願いします」

「分かりました」

強張(こわば)った顔の沙梨奈は、一瞬だけ優花を見て出て行った。

「……はぁ……」

二人がいなくなり、優花はドッと疲れて背中を椅子に預ける。

「ご苦労様、もう何も心配しなくていいよ」

向かいでアレクサンドルがにっこりと笑う。その笑顔はいつも以上に晴れ晴れとしている気がした。

「サーシャ……。私、何も聞いていないのですが……」

困り切った顔で言っても、彼は「言わなかったからね」と言うだけだ。

だがアレクサンドルがこうしてくれなかったら、優花は今も苦しみ続けていたかもしれない。

「……ありがとうございます」

礼を言うと、アレクサンドルは微笑した。

「どういたしまして」

「でもいいんですか？　私のバックにつくとか、色々仰(おっしゃ)っていましたが」

「全部本当だから構わないだろう。まぁ、友人というのは語弊があるが。これから恋人になるのだしね？」

やけにキラキラとした目で見つめられ、優花は思わず目を逸らす。

「そうそう。今朝契約書を作成したんだ。今日のうちに目を通して、問題なければサインしてくれないか？」

アレクサンドルが言うと、彼の脇にあったワゴンからヨハンがクリアファイルを持ってくる。

「えっと、はい、今日のうちに読んでおきます」

返事をするとアレクサンドルはご機嫌になり、コーヒーを飲む。

「じゃあこれから私は公務に出掛けるから、そのあいだ優花はこのエアハルトから宮殿の案内をしてもらってくれ」

彼の言葉と同時に、五十代の男性がスッと前に出て微笑んだ。

「初めまして、ミズ優花。私はヨハンの上司に当たります、エアハルトと申します。殿下のお側の仕事はヨハンに任せていますが、宮殿内の管理を取り仕切っております」

エアハルトも流暢な日本語を話すので、優花はやや不思議になった。

「サーシャが親日家なのは分かりますが、エアハルトさんやヨハンさんまで日本語がお上手なのですね？」

「あぁ、それは……。そうだな、私が日本を愛するから、自然と周りにいる彼らも学んでくれたのだと思う」

「そうなのですね」

主のために語学まで勉強するのか、と優花は感心しきりだ。

「では、そろそろ私は失礼するよ。優花はゆっくりカフェオレを楽しんで。何ならおかわりをしてもいいから」

アレクサンドルはナプキンをテーブルに置いて、立ち上がる。

「いってらっしゃいませ」

優花も立ち上がり、ペコリと頭を下げた。

顔を上げるとアレクサンドルが目を丸くして固まっている。彼はクシャッと笑うと、ヨハンに声を掛けた。

「行くぞ、ヨハン。今日は何でも頑張れる気がする」

「畏まりました。毎日この調子だといいですね。ぜひ優花様にはずっとフラクシニアにいて頂きたいものです」

「あ、あはは……」

ヨハンの冗談に愛想笑いをしていると、アレクサンドルがツカツカと歩み寄って優花を抱き締めた。

「わっ」

驚いている隙に、彼は音を立てて頬にキスをする。

「行ってくるよ、ハニー」

耳元で低く艶（つや）やかな声が告げ、その魅惑的な低音にボゥッとしている隙に、アレクサンドルはポンポンと優花の頭を撫でて出て行った。

のろのろと椅子に腰掛けると、エアハルトが「カフェオレのおかわりはいかがですか？」と微笑んでくれる。

「は、はい……。頂きます」

優花はぼんやりしたまま、とりあえず契約書に目を通し始めた。

第三章　皇太子と結んだ恋人契約

一度部屋に戻って契約書を置き、身支度をするとエアハルトが宮殿内部を案内してくれた。

この時期は庭園にバラが咲き誇っている。それをじっくりと見て回り、一通り満足したところでエアハルトが用意してくれた冷たい飲み物を頂く。

そのあと建物の中に入り、正門から順番に案内してもらう。壮麗な玄関ホールや、代々の王家の人間を描いた肖像画があるロングギャラリー、一般公開もされている古い時代の王と王妃の部屋などの説明を受けた。

エアハルトはさすがベテランという感じで、城の建築様式や建築家、調度品を手がけた芸術家、またフラクシニアの歴史など、様々な話を聞かせてくれる。

勉強になったと満足したあとは、美味(おい)しいランチを頂いた。

そしてエアハルトが運転する車で、トゥルフ近辺の観光名所を回る。独立記念堂や議事堂、宝石の写真の特別な記念切手を発行する郵便局。有名な作家の生家や、世界的ハイブランドジュエリーの本店など、満足いくまで観光できた。

一日回ったあと、優花は与えられた客室で契約書を見直していた。

優花は靴を脱いでベッドに上がり、枕元のクッションにもたれかかっている。服装は外出用の服から、ゆったりできるスウェット素材のマキシワンピースに着替えた。エアハルトがティーセットとお菓子をベッドサイドに用意してくれており、お姫様のような気持ちだ。

ちなみにベッドは不在中に整えられ、洗面所のタオルなども交換されていた。まさにホテルのように至れり尽くせりだ。

「なるほど……。キス以上のことが発生したら、三十分につき約五十万。本番までいったら五百万……は、やりすぎじゃないかな？」

〝本番〟とはセックスを意味するのだろうか。恋人のふりをする契約なのに、最後までするると書かれているとは思わなかった。それにこの金額を見るだけで、頭がクラクラしてしまう。

「別に、彼が相手だったらお金をもらわなくてもいいんだけどな」

ポツッと呟いてから、自分の大胆さに赤面する。

「ダメダメ。彼は皇太子殿下なんだから。私なんかが体の関係を持とうとか……」

優花はカァッと熱を持った頬に手をやり、ブンブンと首を振った。

契約書は他に問題になるような点はなく、性関係について直接アレクサンドルに確認したあと、サインすることにした。彼が自分を本当に抱くつもりなのか、ハッキリさせておいた方がいい。

ふと今朝のことを思い出す。

勝也と沙梨奈がアレクサンドルに追い詰められる様を見て、内心歪んだ喜びを得ていたのは確かだ。

あの時アレクサンドルもヨハンも、優花のことを「ミズ優花」や「優花」と親しげに呼ばなかった。

きっと自分たちの関係を、勝也たちに知られないように気を使ってくれたのだろう。

彼らの配慮はありがたいばかりだ。

あの場でアレクサンドルが優花を『自分の女』と言っていたら、あとから勝也と沙梨奈に何と言われるか分からない。

「サーシャには本当に感謝ばかりね。何をしたらお礼ができるんだろう。……って」

そこで恋人契約を思い出し、また頬が熱を持つ。

「……でも、どうして私なんだろう。日本人が好きだからといって、こんなことがあっていいのかな。もっと他に綺麗な人はいるし、何も私じゃなくても……」

契約書を脇に置いて寝転ぶと、美しい模様が描かれた天井が目に入る。

「あーあ。日本に帰るのも面倒だな。フラクシニアは治安もいいし、しばらくここにいてもいいな。何なら日本から出て仕事探そうかなぁ……」

ぼんやり言いながら、手を伸ばしてチョコレートを一つ口に入れる。コロコロと口内で転がしていると、上品な甘さが広がっていった。

「じゃあ、ずっとここにいたらどうだ？」

「えっ？」

コンコンとノックの音がしてドアが開き、アレクサンドルが入ってくる。

「この宮殿は静かだから、独り言には向いていないのかもね」

クスクスと笑ってアレクサンドルはベッドの端に座り、キスをしてきた。

唇が何度か食まれたあと、まだチョコレートを含んでいる口に舌が差し込まれ、ねっとりと舐られる。

「ん……ぅ」

食べている途中でキスをされるなんて初めてで、優花は懸命にチョコレートを口の奥に押し込もうとした。だがアレクサンドルは、遠慮なく優花の口内を舌で掻き回してくる。

クチュクチュと小さな水音が続き、やがて艶然と微笑んだアレクサンドルが舌なめずりをして顔を離した。

「……甘い」

「……っ、は……ぁ」

今のキスですっかり真っ赤になった優花は、起き上がれず呆けた顔をしている。

口腔に溜まった唾をごくんと嚥下すると、甘いチョコレートとキスの味がした。

「ただいま、ハニー」

アレクサンドルは語尾にハートマークでも付きそうな甘い声で言い、にっこり微笑む。

「お、お帰りなさい……」

しっかり返事をしたつもりだったが、その声は甘く蕩けていた。

「エアハルトから報告を受けたが、観光は満足できたか？」

「はい。宮殿もトゥルフのことも、とても丁寧に説明してくださいました。幼い頃よりずっとフラクシニアに詳しくなった気がします」

咳払いをしてから答えると、少し声がマシになる。

「私は少し疲れたな」

アレクサンドルはジャケットを脱いでソファに掛け、優花の隣にゴロリと寝転んだ。

「優花、エネルギーを充填させてくれ」

アレクサンドルは優花の体を抱き締め、肩口に顔を埋めてきた。フワッと彼の香りが鼻腔に届き、優花は気付かれないようにその香りを堪能する。

彼がつけている香水はムスク系で、一日の終わりだからかラストノートが程よく香っていた。肺一杯に彼の匂いを吸い込むたび、甘く痺れるようなときめきが優花を満たす。

「……あの、サーシャ。契約書にサインをする前に、確認したいのですが」

「何だ？」

アイスブルーの目が瞬き、何でも言ってみろと優花を見つめる。

「その……性的なことについての項目がありますが、そもそもサーシャは私を抱きたいと思っているのですか？」

恥ずかしい質問だが、思いきって尋ねてみた。

するとアレクサンドルはケロリとして答える。

「当たり前じゃないか。私は君に男として反応するし、魅力を感じている。昨日でキスをした時だって、思いきり興奮した証しを押しつけたはずなんだが、気付いていなかったかな？」

「う……」

下腹に押しつけられた雄の膨らみを思い出し、優花はじわりと頬を染める。

「何なら、今抱いても構わないが」

「いっ、いえ！　その、今は……」

「そうか、まだサインをしていなかったな」

アレクサンドルは起き上がり、腕を伸ばしてベッド横に置いてあるファイルを取る。

「優花は私と関係を持つのは嫌か？　ちゃんと避妊するし、君が嫌がるプレイはしない。まぁ、大体ノーマルプレイだと思うが」

「う、うぅ……。い、嫌じゃ……ないですけど。でも、体の繋がりができただけで、三十分いくらとかそういうのはちょっと……」

ゴニョゴニョと告げると、彼はきょとんとする。

「だが、君は私を愛していないだろう？　性行為をする時は、ちゃんとした線引きが必要だと思うんだ」

「それは、そうですが……」

微妙な表情で黙った優花に、アレクサンドルは更に言う。

「私のことが嫌いか？　抱かれたくない？」

「好きか嫌いかなら、好きです」

「ならいいじゃないか」

アレクサンドルは愛しげな目で優花を見て、彼女の頬を撫でた。

「一か月、契約から始まる関係でも、燃え上がるような恋はできると思う。優花はそんな経験がある？」

「いいえ」

「私は立場上、そういう恋愛ができるか分からない。なら、自分の直感で『この子がいい』と思った女性と、身も心も溶けるような恋愛がしたいんだ。私は全力で優花を愛する。優花も人生で一番の思い出を作らないか？」

それはとても魅力的な誘い文句だった。

無条件でアレクサンドルから愛されたことが、一生の思い出になる。契約が終わったあとは後腐れなく別れ、それぞれの人生を歩む。

（それならいいのかな……）

ためらったあと、優花は答えた。

「分かり……ました。サインします」

優花は起き上がり、ペンを手にすると英語でサインする。

「ありがとう。今日から君は私の恋人だ」

（一か月だけ……ね）

心の中でつけ足して、それでもいいと優花は微笑む。

勝也と別れた傷心を、こんな最高の形で癒やしてもらえるなんて思わなかった。

「……さっそく君を抱きたいって言ったら駄目かな？　夕食の前につまみ食いを……」

「えっ!?　シャワーも浴びていませんし無理です」

「なら、二人で浴びればいいじゃないか」

「う、うーん……」

突然の申し出に戸惑っていると、アレクサンドルは優花の手をとって立たせた。

「時間は有限だ。君と私の契約期間はそう長くはない。体の相性もあるし、何をするにも今より早い時なんてない」

ちゅっと優花にキスをしたあと、彼はスウェットワンピースの裾をゆっくりたくし上げてきた。指先で脚に触れ、ライトグレーの布地を上へ捲っていく。

「ン……」

しゃがんだアレクサンドルと目が合う。彼は熱の籠もった眼差しで優花を見つめ、足首からふくらはぎへ指先を滑らせた。

その頃には肌を撫でる指が四本になり、優花が得る刺激も増していた。

「滑らかな肌だ」

「や……」

膝頭が出て、太腿も露わになっていく。

チリ、チリ……と、微弱な電気が下腹部に快楽の信号を送っているようだ。

「あ……ぁ」

とうとう下着、そして小さく窪んだへそが彼に見られてしまう。

「可愛い」

膝立ちになったアレクサンドルは目を細め、優花の腹部にキスをした。

「んっ……あっ」

キスされるだけで済むと思ったのに、彼は優花のへそに舌を這わせてくる。ヌルヌルと舌先を擦りつけ、窪みに舌先をねじこんだ。

「んぁあ……っ、や……っ、やぁぁ……」

唾液を纏わせた舌は腹部を這い上がり、ブラジャーのチャームに口づける。

「これ……フラクシニアの宝石にしたいな」

イミテーションの宝石をを見て、アレクサンドルはとんでもないことを言い、片手でブラジャーのホックをぷつんと外した。

「優花、両手を上げて」

言われた通りにすると、ワンピースが脱がされる。ブラジャーもとられ、優花は両手で胸を隠した。

「はず……かし……」

パンティ一枚の姿になって心許なく、優花は脚をもじもじとすり合わせて俯く。

「少し待って」

アレクサンドルはベストを脱ぎ、ネクタイを緩めてシャツのボタンを外していく。そのやや性急とも言える行動に、皇太子の中にある雄を感じた。

（やだ……。どうしたんだろう。何か私、変）

晒された厚い胸板を見て鼓動が速まり、スラックスの下から現れた太腿や黒い下着に顔が熱を持つ。まるで発情したような自分に、優花は戸惑っていた。

アレクサンドルはバスルームに行き、躊躇いなく最後の一枚を脱いだ。

そしてシャワーボックスに入ってコックを捻ると、勢いよくお湯を出す。

「おいで、優花」

「は……はい」

返事をするものの、最後の砦であるパンティが脱げない。立ち尽くす優花を見てアレクサンドルは少し笑い、「私が脱がせよう」と彼女の腰に手を掛けた。

「優花、君を余すことなく見せて」

アレクサンドルはラベンダー色の下着ごと、尻たぶを撫でて揉んでくる。

「ん……」

柔肉に指が食い込む感触に、優花は掠れた呻きを漏らした。ジワッと下腹部に熱が灯り、早く乱してほしいとねだっている。トロリとクロッチに蜜が垂れ、優花は唇を噛んだ。

「嫌だったらやめる。まず、私を受け入れられるか試してみないかい？」

アレクサンドルはパンティに親指を入れ、クルクルと下着をねじり下ろす。

「あ……恥ずかしい……」

布地が床に落ちた小さな音を聞いたあと、優花はザアザアと水音が立つシャワーボックスに逃げ込んだ。

「優花」

すぐにアレクサンドルが後を追い、後ろ手にドアを閉める。

「優花、キスを」

大きな手が優花の頬を包み込み、親指が唇をなぞった。その柔らかさを確認し、僅かに覗いた舌を見て彼は妖艶に笑う。

美しく整った顔に優花が見とれているあいだに、アレクサンドルは唇を重ねた。

「ン……」

最初に何度も啄んでくるのは、彼の癖だ。優しい感触にボゥッとしているあいだ、彼は腰近くまで伸びた優花の黒髪を弄ぶ。髪を背中に撫でつけたあと、手は腰に下りていく。

「ん……ぁ、ふ」

おずおずと舌を絡めると、チュウッと音を立ててしゃぶられた。

キスの最中、彼は優花の尻たぶを揉む。それだけで体の深部からムズムズとした熱が這い上がった。花弁はとうに潤み、刺激が与えられるのを待ち侘びていた。

「は……」

最後にもう一度唇を押しつけてキスが終わり、アレクサンドルは優花の首筋から鎖骨にかけて吸い付く。

「あ……っ、ぁ、あの……っ」

「ん？」

強めに吸われ、跡が残ってしまいそうだ。彼の情熱におののいているあいだに、指先が花弁に到達した。

「ひんっ」

優花は息を吸い込み体を強張らせ、咄嗟にアレクサンドルの肩を掴んだ。その間も彼は優花の胸を吸い、真っ白な肌に歯を立てキスマークをつけた。人に見られるところは遠慮したらしく、胸元に集中して所有印をつけられる。

「んっ、い……った」

「優花の胸、綺麗だ。真っ白で、先端も可愛らしい色で……」

アレクサンドルは熱で掠れた声で言う。そして舌を出し、優花の乳首を舐め上げた。

「あゃ……っん、ぁ……っ、はぁ……あっ」

しつこいぐらい乳首を舐められ、チュパチュパと吸い立てられる。もう片方も指で優しく刺激を与えられ、プクリと勃起させられる。

「ん……っ、ン」

優花は腰をくねらせ、アレクサンドルに縋る。

「指、少しずつ入れるから」

アレクサンドルは断りを入れてから、蜜口を揉んできた。シャワーの水音に混じってクチュクチュと濡れた音がし、優花の唇から嬌声が漏れる。

「あ……っ、ふぁ……っ、やぁ……っ、ぁ、あぁ……っ」

優花はその刺激に耐えきれず、体を跳ねさせる。乳首はアレクサンドルの口腔に含まれ、温かな舌でヌルヌルと舐められる。時に胸の肉ごとぢゅうっと強く吸引され、歓喜が全身を駆け巡った。

「あ……っ、ぁ、あぁ、ン――」

やがて膣内に指が侵入し、優花は喘いでアレクサンドルの金髪を撫で回す。

長い指は蜜道の狭さを確認するように、ぐちゅりと円を描きつつ奥を目指す。

「もうヌルヌルだけど、キスだけでそんなに感じてくれたのかな？」

アレクサンドルは胸から顔を離し、濡れた唇を舐めて優花に尋ねる。

「や……、恥ずかしいこと聞かないでください」

優花は今にも泣きそうな顔で、いやいやと首を振った。しかし口ぶりとは裏腹に、とろついた肉襞はアレクサンドルの指を締め付けている。

「ほら、こんなに滑りが良くなってる」

アレクサンドルが指を前後させると、チュクチュクと淫らな音がして優花の耳を犯す。

「あっ、やぁ、あ、やぁあっ」

優花は小鼻をひくつかせ、懸命に呼吸を整えた。

眼裏に浮かぶのは、レッドダイヤのリングを嵌めたアレクサンドルの長くて美しい手だ。あの支配者の手が、優花の蜜壷を探っている。

あまりに不敬で、申し訳なくて――なのに感じる。

「優花、私を見るんだ」

顎を捉えられ、目線を合わせられる。

「や……っ、恥ずかしっ、からっ、見たくなっ……ぁうっ」

反抗しようとすると、内壁の感じる場所を擦られ悲鳴が口を突いて出た。キュウッと彼の指を締め付けると、アレクサンドルは満足そうに微笑んだ。

「私は君を可愛がりたい。私の手で感じている顔を、ちゃんと見せてくれ」

「うそ……っ、ぁ、やぁっ、あ……っぁふっ」

こんな蕩けた顔を見られるなんて、恥ずかしくて堪らない。

そう思うのに、アレクサンドルは優花を見つめたまま、蜜壷を嬲る指を増やした。

長い指が二本、秘裂に呑まれる。そして彼女の感じる場所を慎重に探り、しつこく擦ってきた。

「っひあぁあんっ、んーっ、あぁ、あっ、あーっ」

〝そこ〟を擦られただけで、優花は甘ったるい声を上げて膝を震わせる。

「君が感じる場所はここだね？　ほら、こうやって細やかに擦ると表情が蕩けていく。目も潤んで頬が真っ赤になって……ああ、乳首も硬くなっているね」

アイスブルーの目に見つめられたまま、優花は彼の指で暴かれていく。僅かな変化も逃さないと言わんばかりに、アレクサンドルは優花の目を覗き込んでいた。

「あ……っ、ぁ、見な……っ、で、ぁ、やぁ、ソコ……っ、あうぅっ」

濡れた唇を舐め、優花は快楽の波が襲い来るのを必死に堪える。こんなに美しい人の前で、絶頂する顔など見せられない。

頑なに思っていたのが通じたのか、アレクサンドルは肉芽に触れてきた。

「ひぁうっ！　やぁ、ソコ、やぁっ、ダメっ」

感じ切って勃起した突起は、すでに肉真珠を膨れさせていた。今まで触れられなかった場所は、ほんの少しの刺激を与えられただけで優花に快楽を鋭敏に伝えてくる。

「優花、私の目を見つめて達きなさい」

「やぁっ、ダメぇっ、達きたくな……っ、いやぁあっ！」

そう口にした直後、臨界点が訪れた。肉真珠への刺激も加わり、優花は一瞬の浮遊感のあと思いきり彼の指を食い締めた。

「うぅ……っ、ふ、あっ、あぁあっ」

目の前がぼやけ、開いた口から涎が零れた。アレクサンドルの腕を思いきり掴み、両脚はガクガクと震えて立っていられなくなる。

「あ……っ、あ――ァ」

脱力した優花は、アレクサンドルに支えられゆっくりその場に膝をつく。座り込んで呼吸を整えていると、頭を優しく撫でられた。

「いい子で達けたね。さすが私が見込んだ女性だ」

顔を上げると、大きくそそり立った肉棒が目に入り、胸がドキッと高鳴る。

血管の浮いたそれをこわごわと見て更に上を向くと、堂々たる王者がいる。

与える者。支配者。彼にどんな言葉が似合うのか、一晩中考えても足りない。

彼は鷹揚に微笑み、優花に手を差し出した。

「ありがと……ございます……」

まだ力が入らないが、優花はなんとかアレクサンドルの手を借りて立ち上がった。

壁に手をつくと、冷たさで体の火照りが癒やされる気がする。

「優花はそこに立っていなさい。私が洗ってあげよう」

アレクサンドルは、一度優花を絶頂に導いて満足したようだ。

「い、いいです……。シャワーぐらい自分で……」

皇太子殿下に体を洗ってもらうなど、畏れ多い。慌てて首を横に振るが、アレクサンドルは香りのいいボディーソープを手に出し、優花の体を洗い始めた。

「ん……っ」

今まで男性に体を洗ってもらったことなどない。

大きな手が優花の体を包んで滑り、お腹から豊かな胸、腋から腕へ動いていく。

感じてはいけないと思うのだが、優花は絶頂したあとだ。胸や脇腹など敏感な場所に触れられると、勝手に体がピクンッと震えてしまう。

「感じてもいいけど、今は真面目に体を洗うよ。今感じた分、あとでたっぷり愛してあげる」

「……っ」

感じているのを知られ、優花は顔を赤くする。

それからお尻や下腹部も洗われたが、特に性的に触れられることはなかった。

アレクサンドルは泡を流し、優花をバスチェアに座らせると、今度は髪を洗い始める。

「優花の髪は黒く艶やかで美しい。好きだよ」

「ありがとうございます。私はサーシャの金髪が好きですよ」

彼が何気なく口にした「好きだよ」という言葉に、胸が高鳴る。だが優花は平静を装った。

「きっと人間は、自分にないものを求めるのだろうね」

そう言ったアレクサンドルは、シャワーで髪の泡を洗い流す。

――彼は自分にないものを欲して、私を求めてくれたんだろうか。

そう思ったが、改めて聞くのも憚られ、言葉を呑んだ。

アレクサンドルは優花を洗い終えたあと、手早く自分の体と髪を洗い、シャワーボックスを出る。

やはり申し訳ないのだが、彼が「する」と言うのでバスタオルで体を拭いてもらい、髪もドライヤーで乾かしてもらった。

優花が基礎化粧品で肌を整えたあと、アレクサンドルは待ちきれずベッドにいざなった。

「ん……っ」

彼が覆い被さり、またうっとりするようなキスをされる。

滑らかな舌が優花の舌を探り当て、ヌルヌルと擦ってくる。優花も懸命に応え、つたないながらも舌を動かした。くちゅり、くちゅくちゅとはしたない水音がし、口腔いっぱいになった唾液を嚥下する。

アレクサンドルにグルリと口内を掻き回され、彼にすべてを支配された気持ちになってゾクゾクする。

キスをしているあいだ、彼は優花の乳房を弄んだ。

「んぅ……っ、ン」

尖り始めた乳首をクリンといじめられ、体の深部に熱が灯る。

シャワーボックスで煽られた優花は、ベッドで再び燃え上がろうとしていた。胸を弄られるほど、下腹部に宿る疼きが大きくなる。

アレクサンドルの手は腹部から太腿を撫で、優花の脚を左右に割り開いた。

「あ……っ」

やっとキスが終わり、優花の唇から頼りない喘ぎが漏れる。その声にアレクサンドルは優しくも妖艶な笑みを湛え、「緊張しないで」と言って指を秘部に滑らせてきた。

「あン……っ、ぁ、あぁ……」

潤っていた場所はすぐにいやらしい音を立て、アレクサンドルの指を受け入れる。

くっぷくっぷと蜜が掻き混ぜられる音を立てたあと、指が遠慮なく入り込んできた。

「んぅ……っ、ぁ、あぁ——ぁ、あぁっ」

彼の指はすぐ奥へ潜り、先ほど優花が感じた場所を探り当てた。

「やぁっ、そこは駄目っ」

「感じるから、だろう？　なら攻めなくては。もっと気持ち良くなりなさい」

アレクサンドルの声は優しく、どこまでも優花が淫らに花開いていくのを見守ってくれる。

クチュックチュッという淫音を聞きながら、優花は体内を掻き回す彼の指に感じ入った。

「あんっ、あぁ、あーっ、ン……っ、あぁっぁ、んぅーっ」

優花は洗ってもらったばかりの髪をシーツに押しつけ、膝を震わせ悶える。脚を閉じてしまいそうになるが、アレクサンドルの胴がしっかりと入っていて叶わない。

「優花、たくさん感じなさい」

荒くなった彼の呼吸が聞こえて薄ら目を開けると、アレクサンドルはアイスブルーの瞳に獣めいた情欲を灯し、こちらを見下ろしていた。

下腹部の音は烈しさを増す一方、アレクサンドルは優花の胸にしゃぶりつく。彼の親指が敏感に勃ち上がった肉芽に触れた時、優花は思わず高い声を上げていた。

「っやぁあぁっ！　そこはダメっ！　ダメなのっ」

体をくねらせ抗おうとするが、アレクサンドルの力は強く逃げられない。押さえつけられたまま指淫で追いつめられ、優花はまた臨界点へと押し上げられた。

「――っぁ！　っ……あぁ、――あ、あぁあぁ……っ」

キュッと乳首を甘噛みされた瞬間、また優花は深い絶頂を迎えた。

快楽にまみれた声を上げて法悦を味わったあと、ゆっくりと体が弛緩していく。

「……優花、綺麗だ」

達した顔を見られた恥ずかしさより、与えられた淫悦の強さが上回っている。

ぐったりとしているあいだに、アレクサンドルは避妊具をつけ終えていた。

「抱くよ」

宣言したあと、アレクサンドルは優花の太腿を押さえ、これ以上なく昂ったモノを押しつけてくる。グチュグチュと音を立てて屹立が優花の花弁を擦り、官能を煽る。襲いくる淫悦に優花は身悶えして腰を揺らし、これから訪れる大きな悦楽への覚悟を決めた。

「は……っ、ん、んン……うっ、ん、ぁ」

室内でヌチュグチュと愛蜜が泡立った音が響く。

「あ……っ、サーシャ、サーシャ……っ」

「入れても……いいか？」

ぷつんと勃ち上がった肉芽に淫刀が当たり、この上なく気持ちいい。焦らされた優花は、ひと思いに貫いてほしいと願った。

「入れ……て」

訴えて頷いてみせると、アレクサンドルは鷹揚に微笑み、屹立に手を添えた。

亀頭が蜜口に押し当てられ、優花は目を閉じて襲い来る淫悦に気持ちを備える。

「ん……っ、あ、ぁっ」

グプリと巨大な亀頭がねじこまれ、優花は柔らかな花びらが引き伸ばされる感覚に息を呑んだ。

「優花、力を抜いて」

「は……い」

はぁ、はぁ、と浅く呼吸を繰り返しているうちに、太竿がミチミチと隘路に押し入ってきた。

「あ……っ、あ！　大き……ぃっ、ぁっ」

「痛いのか？　もしかしてヴァージンだった？」

アレクサンドルはハッとし、優花の目に浮かんだ涙をちゅっと吸い取る。

「だい……じょぶ、です。ちょっと……大きくて苦しいだけ……っ」

眉間に皺を寄せて返事をすると、再び甘美なキスをされた。

「ん……く、ん、むぅ……ンぅ」

舌を絡ませ懸命に応えていると、アレクサンドルが腰を揺すって最奥を目指してきた。

とっさに両手でしがみつくと、頭を撫でられた。

「んぅーっ!!」

とうとう子宮口に先端がキスをし、優花は得も言われぬ感覚を覚えて口を塞がれたまま悲鳴を上げる。

「……大丈夫か?」

唇を離し、アレクサンドルは頭を撫でてくる。その感触が心地良くて堪らない。

「は……い。でも、最初はゆっくりして」

「ん、分かっている」

アレクサンドルは再びちゅっとキスをし、ゆるゆると腰を揺らし始める。

「あ……っ、ぁ、あぁ、あ……っ、動い、てる」

狭い蜜道をみっちりと満たす熱塊が前後し、内臓が揺らされているような感覚を味わう。奥から蜜が溢れて、ヌチュヌチュと恥ずかしい音が部屋に響いた。

「たっぷり濡らしていい子だな。小さくて狭くて、君の締め付けは最高だ。ここには私しか迎えてはいけないよ」

「ん……っ、でも、恋人……っ、契約……っなのにっ」

「契約と言ったが、それはただの手段だ。私は優花が欲しいと思ったし、突然私に言い寄られても困るだろうから、恋人になってもおかしくない方法を選んだ。もし君が本気で応えてくれるなら、私はいつでも真剣に応じるよ」

アレクサンドルは腰を揺らしながら、熱っぽく優花を見つめる。

「やぁあっ、そんなの嘘……っ。あなたみたいな立派で素敵な人が、なんで……っ、私なんかに本気になるの……っ」

今まで夢見心地だったのに、これが「契約」であることを思い出し、優花は絶望する。なのに極上の快楽を与えられ、浅ましい媚肉をひくつかせて彼の肉棒に纏わり付く。

「私がどれだけ君を想っているか、君は知らないだろう」

アレクサンドルは悲しさすら感じさせる声で言い、優花のデコルテに吸い付いた。歯を立てて強く吸い、優花の体に所有の印をつけていく。

「あ……っ、ぁ、いたっ、ぁ、あぅっ、う、うーっ」

ポロポロと涙を零し、優花はアレクサンドルに揺さぶられながら目元を拭う。

「私のことを信じてくれ。必ず君を幸せに導き、愛するから」

懇願したアレクサンドルは、優花の片脚を肩の上に担ぐ。結合がより深くなり、優花の頭の中は彼で一杯になる。

パンパンという打擲音も速く大きくなり、優花を追い詰めていく。

「あんなことがあったあとだから、色恋に臆病になっているのは分かる。だが恐れていては前に進めないぞ」

アレクサンドルは指先で優花の肉芽に触れる。そして優しく撫でて、刺激を与えてきた。

「んひぃっ！　あっ、あぁあぁぁあぁっ！」

その途端、優花は大きな悦楽の波にさらわれた。つま先が丸まり、膣肉がアレクサンドルの屹立を押し返すようにきつく締まる。

「あぁ、達したのか優花。中がピクピクと可愛らしく痙攣している。だが私はまだ達っていないから、しばらく付き合ってくれ」

アレクサンドルはジュボッと濡れた音を立てて一度屹立を引き抜き、優花をうつ伏せにした。腰を抱えて四つ這いにし、びしょ濡れになった場所に舌を這わせる。

「……っぁ、あ！　ダメっ、ダメっ、今……っ、達ったばっかりだからぁっ」

泣き声で訴えても、アレクサンドルは攻める手を止めない。指は膨れた肉真珠をピタピタと叩き、あろうことか後ろの孔まで舐められる。

「だめぇえっ！　皇太子殿下がそんなところ舐めたらだめぇっ」

優花はこの上ない羞恥（しゅうち）に襲われ、本気で泣いていた。

なのに彼は構わず舌でヌルヌルと窄（すぼ）まりの皺（しわ）を辿（たど）り、会陰を通って花びらの泥濘（ぬかるみ）に到達する。長い舌が小さな蜜口に入り込み、ズボズボと前後した。

およそ王族が立てると思わないはしたない音をさせ、アレクサンドルは優花の蜜壷を味わい尽くす。

「も……っ、許してぇ……っ」

あまりの恥辱に泣き出すと、背後から覆い被さったアレクサンドルが耳元で囁（ささや）いた。

「優花、私の愛を疑わないと言ってごらん」

愛欲にまみれた声が、甘い堕落の道を指し示す。

「君が求めるのなら、私は与える。君が契約した相手を信じ、愛すると言ってごらん。楽になるから」

そう言って、アレクサンドルは両手で優花の尻肉を掴（つか）む。花弁がひくつき、蜜がシーツにトロリと滴（したた）った。

「優花」

問うでもない、詰問（きつもん）するでもない声がしたあと、潤（うる）んだ蜜壷に指が二本差し込まれる。

「あぁ……っ、あ、ダメ……」

「私は君を大切にする。誰よりも愛するよ？　どうか信じてくれ」

ちゅくちゅくと蜜壷が掻き混ぜられる音がし、優花の体に甘く重たい快楽の痺れが広がっていく。

——気持ちいい。

優花は陶然としてシーツに顔を押しつけ、彼の指を味わっていた。

（こんな気持ちいい思いをしたことはない）

世界が違う顔を見せたのかと思った。

勝也に手ひどく裏切られたあとに、幸運すぎるこの話が訪れ、〝裏〟が怖くて踏み出せないでいた。

——でも、信じてもいいのかもしれない。

「サーシャ……」

「ん？　なんだ？　優花」

（私の名前を特別なもののように、愛しげに呼ぶこの人なら……）

「信じ……ます。あなたを恋人だと思って愛します」

「いい子だ」

望む返事を得たアレクサンドルは、優花の頭を撫でる。そして肉棒の先端をヌチヌチと花弁に擦りつけ、グッと腰を押し進める。

「あぁあぁっ」

悲鳴とも溜め息ともつかない声を出し、優花はギュッと目を瞑って俯く。大きな質量が蜜壷に入り込み、みっちりと満たす。

「あ、あぁ……おっき……ぃ」

「あまり私を煽ってくれるな」

アレクサンドルは照れくさそうな声で言い、優花の背を撫でた。

やがて彼は腰を前後させ始め、ヌチュグチュと蜜壷が剛直に掻き回される音が響いた。

「あ！　あぁあっ、ぁ、あ、ぁあ、やぁっ」

正常位とは違う場所を突かれ、優花は悶絶する。おまけにアレクサンドルは肉真珠に手を伸ばしていた。

「――ひ！　あァあっ！」

激しいピストンに堪えるのに精一杯だったというのに、最も敏感な場所への刺激は強すぎた。すぐに優花は絶頂を迎え、頭をシーツにつけてビクビクと痙攣する。

「また達ったのか？　仕方のない子だな」

背後でアレクサンドルが笑った気配がしたかと思うと、また屹立が引き抜かれた。

優花は、荒い呼吸を繰り返しドッとベッドに倒れ込む。その上に彼が覆い被さり、優花の体を横臥させると、脚を抱え込みまた挿入した。

「あぁあぁ……っ、も、ダメぇえっ」

終わりのない行為に優花は悲鳴を上げ、本気で逃げようと枕の方に向かって手を差し伸べる。しかしその瞬間ドチュンと突き上げられ、はくはくと口を喘がせた。

「んっ！　ん、ぅっ、あぁっ、あっ」

優花の爪がシーツの上を滑り、キュウキュウと甲高い音がする。

横臥した格好で立て続けに二度達かされたあと、また正常位に戻された。

ぼんやりとした視界の中、アレクサンドルは汗を浮かべ艶然と笑っている。

乱れた金髪が顔に貼り付いているのが色っぽいなと思う余裕もなく、彼は「優花、可愛い」「愛してる」と言って腰を振り始める。

「あうぅぅっ、うーっ、うぅっ、も……っ、だめぇっ、ダメだからぁっ」

優花は声を嗄らし、可愛い喘ぎ声も出せずに、ただ行為の終焉を願う。何度達したか分からなくなった頃になり、ようやくアレクサンドルが絶頂する兆しが見えた。

「優花、優花……っ」

バチュバチュと凄まじい音がし、優花の胸は律動に合わせてブルブルと躍る。アレクサンドルは何度か深く腰を叩き込んでからキスをしてきた。

「ん……っ、ぅ、うぅ……っ」

熱烈なキスをされ、優花は蹂躙されるままだ。さらに二、三度ずん、ずんと腰を打ち付けられ、アレクサンドルは優花の膣内で屹立をビクビクと震わせた。

ずっと達きっぱなしだった優花は、快楽の限界を越えていた。飽和状態の中、最後に優しいキスが優花を慰めてくる。

小さな音を立てて唇が離れ、汗を浮かべた顔に満遍なくキスをされる。

「……優花、ありがとう」

あまりの絶倫ぶりに「助けて」と思ったが、そう言われただけで「もういいや」と許してしまった。

人生で初めてと言っていいほど気持ちいい思いをして、男性に愛される本当の意味が分かった気がした。これだけでもう、恋人契約を引き受けた価値がある。

この上ない充足感を得た優花は、そのまま意識をふつりと失ってしまった。

＊＊＊

「私……。一か月も恋人役ができるか自信ありません」

優花はたっぷりとお湯を溜めたバスタブに、アレクサンドルに背後から抱き締められて浸かっていた。

せっかくシャワーを浴びたのに、激しい行為でまた汗を掻いてしまった。優花はエーゲ海で取れた最高級の天然海綿で体を洗われ、髪もいい匂いがする高級シャンプーで洗ってもらった。

本当なら優花がアレクサンドルを洗うべきなのだろうが、彼は女性に奉仕したい性質らしい。

声はすっかり掠れ、腰も立たない。

気を失っているあいだ、彼はお風呂の用意をし、蜂蜜入りの紅茶も用意してくれていた。バスタブの隣に丁度いい高さの台があって、手を伸ばせば紅茶が飲める。

彼はすでにいつもの紳士に戻っている。

だが彼がベッドでどうなるか知ってしまった以上、極限になるまで相手をしなければならないと思うと、少し気が重たい。

とても気持ち良くてこの世のものと思えない快楽を得られるが、あまりに時間が長すぎる。

「どうして？　気持ち良くなかったか？　痛む？」

反省してくれたが、そうではない。真逆だ。

「あの、ちがっ……その、き、気持ちいいのが続きすぎて、体が持たないです」

背を向けているので恥ずかしさが半減され、優花は本音を言う。すると後ろからケロッとした声が聞こえた。

「なら問題ないじゃないか。私もとても気持ち良かったし、相性は最高だ」

「ですから、一回につき二時間近く続くと、体力的にきついんです！」

これだけは言わないと、と思って伝えると、アレクサンドルは黙ってしまった。

セックスのあと優花が意識を戻したのは、お湯に浸かってからだった。時刻を聞けば二十一時前だと言う。アレクサンドルが部屋に来たのが夕方過ぎだとして、随分長いあいだ抱かれ、気を失っていたことになる。

「あなたとのセックスは気持ちいいです。でも一回につきこんなに長く抱かれると……その、翌日の体力が……」

モゴモゴと言っていると夕食をとり損ねた腹がグゥ……と鳴った。優花が「もーっ」と思わず声を出し、自分の腹部をさする。

「ふ……っ、ははっ」

アレクサンドルは笑い、彼の体が揺れる。

お湯もチャプチャプと躍り、バスタブのお湯が溢れる。

「な、なんで笑うんですか。私、真剣に悩んでいるのに……」

振り向くと、濡れた前髪を後ろに撫でつけた彼が明るい色の目でこちらを見ていた。

「いや、可愛いことで悩んでいるなと思って。じゃあ、なるべく早めに出せるよう努力する。それには君の協力も必要だが……」

譲歩してくれたのに感謝しつつ、彼とのベッドインは避けられないと悟った。

「……分かりました。でも協力って具体的にはどういう？」

挿入中の協力と言えば、締め付けるしか思いつかない。

すると、アレクサンドルはウキウキとした様子で言う。

「まだマンネリになるには早いが、そのうち私が見繕(みつくろ)った下着を身につけてくれると嬉しい」

「それでいいんですか？」

言ったあと、ただの下着ではないだろうと悟り、慌てて話題を変える。

「あの、つかぬことをお聞きしますが、今まで女性関係ってどうだったんですか？　さすがに初めてではないでしょう？」

三十歳なのだから、童貞ではないだろう。皇太子なのにこの絶倫をどう処理していたのか、不思議でならない。

「学生時代はガールフレンドがいたが、皇太子として本格的に公務に勤(いそ)しむようになってからは、ほぼ縁がなかったかな」

「またまたぁ。サーシャみたいな素敵な人、女性が放っておく訳がないです。好きな人がいたっておかしくないのに」

嫉妬して「君だけだ」と言ってほしいのではなく、心から疑問に思っていた。

他国のロイヤルファミリーにしても女優と結婚したり、美女と恋人報道をされたりしている。それなのにアレクサンドルに女っ気がないなど、にわかに信じられない。

「まぁ、人それぞれ理由があるんだよ」

「そう……ですか」

ごまかされ、彼がこの話題を望んでいないと気付く。恋人契約をして、体の関係ができても、立ち入ってはいけない部分はある。

「性処理的について答えるなら、右手が恋人だったと言っておくよ」

あけすけに自慰をしていたと言われ、優花は気まずくなって黙った。

何か言わないとと思い、モゴモゴと呟く。

「……こ、皇太子殿下が三十路を過ぎても右手が恋人だといけませんから。……私がちゃんとお相手をします……」

「うん、分かってる」

アレクサンドルは急に可愛く返事をして、ぎゅうっと優花を抱き締めてきた。チュッチュッと頬にキスをされ、恥ずかしくなる。

「さて、お腹が空いたね。君が気を失っているあいだ、ヨハンに連絡をしておいたから、もうそろそろ準備ができているはずだ」

「えぇっ⁉」

そういえば、アレクサンドルは仕事帰りに真っ直ぐこの部屋に寄ったようだ。となると、彼を待っているヨハンがいたはずだ。

（あああああ……!!）

内心絶叫した優花は、両手で顔を覆い悶絶する。

（ごめんなさい！　ヨハンさんごめんなさい！　次は必ずあなたのもとに帰します！）

あのにこやかな従者が、あとからアレクサンドルにチクッとお小言を言う予感がする。

とはいえ、彼は何を言われても動じないだろうけど。

ほんの僅かな時間しか滞在していないが、宮殿の人たちに慣れてきた気がする。

優花は凄まじい後悔に苛まれながら、急いでバスタイムを終わらせた。

その後またアレクサンドルが丁寧に優花をバスタオルで拭き、ドライヤーを掛けてくれたのは言うまでもない。

第四章　宮殿生活の甘さと切なさ

それから宮殿を拠点として生活した。

首都トゥルフ近郊を巡る観光も終わろうとしている。

いわゆるSNS映えする場所にはすべて行き、トゥルフで美味しいとされているレストランやパティスリーにもあらかた行った。

昼間はエアハルトが付き添ってくれるが、彼の仕事を邪魔しているようで申し訳ない。しかし同行を断ろうとしても、「大事な客人だから」と言われる。

一週間ほど経った時、エアハルトが「そろそろネタが尽きてきたかもしれません」と笑ったのを見て、今後宮殿で大人しく過ごそうか考えた。

余りある時間は、タブレット端末やノートパソコンで潰せるだろう。

また彼の専属トレーナーを紹介されたので、ジムで体を鍛えられるのもありがたい。アレクサンドルいわく、「恋人の体調管理をするのも契約のうち」とのことだ。

彼が趣味で集めている映画のブルーレイディスクも大量にあり、シアタールームを使う許可も得ている。また、最高級のステレオとハイレゾCDとで、音楽を楽しむこともできる。

両親には契約を交わした日に連絡をしていて、帰国が遅くなる旨も伝えてあった。フラクシニアは治安のいい国なので、両親もそれほど不安視していないようだ。

契約恋人のことはぼかし、「皇太子殿下に気に入られたので、一か月ほどフラクシニアに滞在します」とだけ伝えておいた。

帰国したあとのスケジュールも調整し、仕事に穴をあけることもなくなりひとまず安堵した。

アレクサンドルは毎日忙しそうにしているが、仕事を終えると必ず優花の部屋に来る。

今日も夕食が終わったあと、アレクサンドルが部屋にやってきた。

「ン……」

貴腐ワインを飲んで気持ちよく酔った優花は、ソファに体を押しつけられ、アレクサンドルに唇を貪られていた。

キスとする時、最初にちゅ、ちゅと何回か唇を啄む癖を、もう分かっている。その〝個人的な秘密を知った〟感覚がくすぐったい。

インド綿のマキシワンピの胸元を、アレクサンドルの大きな手が包んでゆっくり揉む。

この一着数万円するワンピースは、優花のために用意されたものだ。

宮殿にアレクサンドルが呼んだ業者が入り、優花の体にフィットする下着やブランド物の服を見繕い、「殿下からの贈り物です」と微笑んだのは先日のことだ。

一か月で終わる契約恋人なのに、いささかやりすぎでは……と思ったが、アレクサンドルにとっては当たり前のことらしい。「恋人なら受け取ってほしい」とパーフェクトスマイルで言われてしまう。

優花はその厚意を無下にできず、お姫様のような生活を送っていた。

「あ……、ン、ぁ……ふ、んぅ」

アレクサンドルの肉厚な舌に口腔を探索され、優花はキスだけでじんわりと下着を濡らす。

服と柔らかな総レースの下着越しにカリカリと乳首を引っ掻かれ、プクンと勃ち上がったそれを、アレクサンドルは愛しげに指先でなぞった。

「寂しくなかったか？」

耳元で問われ、ドキッと胸が高鳴る。

毎日のようにアレクサンドルに抱かれる生活を続け、もう体は彼に愛されることを覚えてしまった。

キスをされただけで濡らしてしまい、正直彼と過ごせる時間を心待ちにしている自分がいた。

優花にとってセックスはさほど重要なものでなかった。しかしアレクサンドルに愛されて禁忌の味を知ってしまった今、「もっと欲しい」という飢餓感が常に心にある。

「……す、少しだけ……」

素直に甘えるのは、やはり得意ではない。

そう答えると、アイスブルーの目が楽しそうに細められた。

「そう？　少しだけ？　本当かな」

布越しにチュウと胸の先端を吸われ、「あん……」と鼻に掛かった声が漏れる。

アレクサンドルの手がスカートの裾から入り、脚を這い上がって、太腿を撫でる。

「ここをこんなに濡らしているのに、少しだけ？」

彼の指先が、パンティのクロッチに触れる。

そこを指でぐりぐりといじめられ、チュクチュクと濡れた音がした。

「ぁ……やぁ。そ、そんな……」

キスだけで濡らしている事実を突きつけられ、優花は恥ずかしさのあまり両手で顔を隠す。

「顔を隠してはいけないよ。恋人は目を見つめて、気持ちを確かめ合うものだ」

窘められ、おずおずと指の隙間から彼を見る。

「とても濡れている気がするけど、私のことを待ち侘びていた」

下着越しに秘唇をなぞられ、呼吸が荒くなっていく。プクリと膨らんだ肉芽もクリクリと転がされて、嬌声が漏れた。

「あ、あんっ……んっ、そこは……っ」

「優花」

もう一度名前を呼ばれ、潤んで刺激を求めている場所を布越しに擦られる。

「ん……っ、あ、会いたかったです。……サ、サーシャが……欲しかった……っ」

「よく言えたね」

アレクサンドルは微笑み、優花の頭を撫でて額にキスをする。

「ベッドに行こう」

軽々と抱き上げられ、お姫様だっこに慣れつつある自分に少し驚く。

海外で生活していた頃も、日本で生活していた時期でももちろん、優花にこうしてくれる人はいなかった。

優しくベッドに横たえられたあと、アレクサンドルが覆い被さってくる。

「優花、ばんざいして」

「……はい」

言う通りにすると、スルリとワンピースが脱がされた。ワンピースの色味に合わせた紺色の下着が露わになり、優花は胸と下腹部を隠す。

アレクサンドルも手早く服を脱ぐ。

彼の逞しい胸板や割れた腹筋を目にして、優花は胸を高鳴らせる。こんな雄々しく鍛えられた体の上に、世にも美しい顔がある。見とれない人がいたら教えてほしい。

「優花……」

そんな彼が愛しげに自分の名前を呼び、肌を撫でる。

愛されている錯覚が心を支配し、優花は満たされた笑みを浮かべた。

すると紺色の下着も脱がされ、彼女は生まれたままの姿になった。

「キスをしよう。君となら何度だってキスがしたい」

うっとりと目を細め、アレクサンドルの唇が重なる。優花も彼の首に手を回して、自ら舌を伸ばした。

舌で互いを探り合い、ピチャピチャという水音が耳を打つ。

王室専属のエステティシャンに整えられた優花の肌は、この上なく滑らかになっていた。それを堪能したアレクサンドルの手は、もっちりとした双丘を撫で回し、たぷたぷと揉む。

「ン、んぅ……サー……ん、んぅ」

息継ぎの合間に彼の名前を呼ぼうとしても、それすら掠め取られ、深いキスに消える。更に口蓋や舌の付け根をくすぐられ、体の深部にゾクゾクとした悦びを得る。優花の脚は左右に開かれ、パンティを脱がされた秘唇に、アレクサンドルの雄を押しつけられていた。

「ん……っ！」

にちゃり、と屹立と濡れた花弁が触れ合う音がし、優花の腰にビリビリッと甘い電流が流れる。ぷつんと勃ち上がった肉芽を、アレクサンドルの亀頭や雁首が何度も擦り、得も言われぬ快楽を刻みつけていく。

「んぅーっ、んぅ、うーっ」

　素股を初めて体験した優花は、想像以上の気持ち良さに腰を揺らし、アレクサンドルの髪を掻き回した。

「あぁ……っ」

　やっと唇が解放され、呼吸しようと開いた口は、乳首を舐められて色めいた吐息を漏らす。

　アレクサンドルの指は濡れそぼった花弁に触れ、クチュクチュと蜜を掻き混ぜた。更に潤(うる)んだ場所にクプリと指が二本入り込む。

「や……、あぁ、サーシャ……っ」

「気持ちいいか?」

　揃った指がすぐに優花の感じる場所を探り、プチュクチュと粘液の音を立てて擦(こす)り立てる。

「あっ、あぁ、あーっ、き、気持ちいい……っ」

「素直に言えていい子だ」

　ちゅ、とまた啄(ついば)むキスをされ、アレクサンドルはご機嫌に優花の体を暴(あば)く。

　長い指が蜜洞を前後して、柔らかく膨らんだ媚肉を優しく擦る。

「んぁああっ、ああぁーっ、やぁ、気持ち……のっ、ぁ、あーっ」

　すぐに屈服した体が素直に快楽を告げると、彼はいっそう淫(みだ)らに優花を愛した。

「ここも気持ちいいだろう？」

「ひぁあっ！」

膨らんだ肉真珠を親指で横なぎに弾かれ、優花はビクッと腰を跳ね上げた。

「優花の体は敏感で優秀だから、たっぷり感じられるな」

「や――あ、あぁっ、き、きもち……い、からっ、も……あのっ」

――入れてほしい。

いやらしい願いが胸の奥から溢れ出て、優花はカァッと赤面した。

「優花、してほしいことがあるなら、口に出してごらん？」

「ン……っ、ん、ぁ……っ」

優花は唇をわななかせ、涙目になり、アレクサンドルを見る。

悠然とした笑みを浮かべた彼は、優花が何を望んでも「いいよ」と快諾してくれる雰囲気があった。

未来の国王となる人に愛され、優花はこの上ない至福を覚える。

「い……達かせ、て……っ」

けれど「入れてほしい」とは言えず、遠からず近からずな願いを口にする。

「ふん？」

アレクサンドルは優花の真意を探る表情をしたあと、「まぁ、今はいいか」と呟いて笑みを深めた。

「達きたいなら好きに達っていいんだよ」

彼はそう言い、感じ切って下りてきた子宮口近くを押し上げた。

「っああぁうっ！　あぁァあっ、あーっ！」

その途端、深い淫悦が優花を襲い、彼女は目を見開いた。アレクサンドルは更に、蜜で濡れた肉真珠もヌルヌルと転がしてくる。

「ダメっ、ダメっ、あっ、あっ――ぁ、あぁあ………っ」

大きな波にさらわれた優花は、後頭部をシーツに押しつけ、つま先を丸めて弓なりに腰を反らした。

「優花……」

アレクサンドルは我慢できないとのし掛かり、避妊具を装着するとヌルヌルと秘唇を擦ってきた。

「あぁあ……あぁう、うー……」

優花は濡れた目で「今達ったばかりだから少し待って」と訴えるが、アレクサンドルは獰猛に舌なめずりをする。

優花はその仕草に獣性を感じ、ゾクリと腰を震わせた。

「入れていいか？」

こういう時も、彼は優花の意思を大切にしてくれる。

その気遣いから、いかに自分が大切にされているか思い知る。

この上なく満たされた気持ちになった優花は、おずおずと自ら脚を開いた。

「……どうぞ……」

浅ましく濡れた部分が、彼を欲してやまない。

とうとう彼を迎え入れられると思うと嬉しくて、優花は腰をくねらせた。

「ありがとう」

アレクサンドルは愛しげに目を細め、ちゅ、と優花の唇に優しいキスを落とし、ぐ……と腰を押し進めてきた。

「あ……っ、ぅ……う、ん……っ」

相変わらず、大きな先端を咥え込む時は、粘膜が引き伸ばされて少し苦しい。

経験が多い訳ではないので、男性の平均サイズがどのくらいかよく知らない。だがアレクサンドルのそれがとても大きいのは分かっていた。

「辛くないか?」

ゆっくり挿入しながら彼が尋ね、優花の頭を撫でる。

「ん……大丈夫です。サーシャ、優しい……から。……んっ」

隘路をみちみちと押し広げられる感覚に口を喘がせ、優花は震える息を吸う。唇をわなかせつつ答えると、また褒めるように頭を撫でられた。

「ぁ……」

ある程度屹立が埋まると、二人は同時に息をつく。

自然と見つめ合ってキスをし、アレクサンドルは腰をゆっくり小刻みに動かし始める。

「ん……っ、ふ、ァ、あ……っ、む――、ン」

優花はキスの合間にハフッと息継ぎをし、アレクサンドルの背中を撫でて彼を受け入れた。

結合部からヌチュックチュッと濡れた音がし、蜜孔からしとどに愛欲の雫が漏れ出す。

アレクサンドルはぐるりと腰を動かし、蜜壷を掻き回した。

「んーっ、ン！　んふっ、んむぅ、んぅ」

口腔は彼の舌にまさぐられ、腰から力が抜けそうなぐらい気持ちいい。

この関係に溺れてはいけないのに、アレクサンドルがあまりに強い愛を注ぐので、勘違いしそうになる。「自分は愛されている」と思い込んでしまえば、はしたなく彼を求めてしまいそうだ。

「……あぁ、優花……。可愛い。本当に私の腕の中にいるんだ」

その声があまりにせっぱつまっていて、優花は思わず笑みを零した。

「ここにいますよ。……あぁっ、ン――あなたの側にいます」

「恋人ならきっとこう言うはず」ともう一人の自分が囁き、優花は自ら彼の首に腕を回してキスをする。

アレクサンドルは幸せそうに目を細め、「嬉しい」と呟いてから上体を起こした。

「奥まで入れるぞ」

「え……っ？　あ――――ぁああっ！」

アレクサンドルは断ったあと、優花の太腿を抱え上げて、ずんっと腰を突き入れた。

最奥を亀頭で押し上げられ、優花はブルブルッと震えてあっけなく絶頂を迎えてしまう。子宮がヒクヒクと蠢動して彼の精液を欲すると、アレクサンドルは眉間に皺を寄せて唇を舐めた。

だが彼は吐精せず、優花の細腰を掴んで容赦のない抽送を始めた。グッチュグッチュと粘ついた音と、二人の腰がぶつかる乾いた音が響く。

「あぁあっ、サーシャっ、あぁーっ、ンぁ、あぁっ、あぁーっ」

優花は髪を振り乱し、両手でシーツを握って腰を浮かす。

最奥に亀頭が届くたび、強烈な淫悦が優花を支配し、メリメリと理性を引き剥がしていく。気が付けば優花は荒い呼吸を繰り返し、感じきっていた。

「優花？　我慢しなくていい。達きたかったら達きなさい」

「――っひ、あぁアあぁっ!!」

さやから顔を出した肉真珠をクリュンッと撫でられ、優花は頭の中を真っ白にさせ、体を痙攣させた。小さな孔からプシャッと愛潮を漏らしてしまったが、恥じらう余裕すらない。

「まっ、待って！　サーシャ！　待って！　も……っ、無理っ、無理っ」

開きっぱなしの唇は濡れ、哀願する目も涙でしっとりと潤んでいる。

だがアレクサンドルは愉悦の籠もった笑みを浮かべるのみだ。

「優花、私の愛をたくさん受け取って、自由に感じてくれ」

大きな手が優花の乳房を包み、キュッと先端を摘まむ。それだけで優花はお腹の奥に耐えがたい疼きを宿らせ、蜜壷ではしたなく彼の灼熱をしゃぶる。

「――ぁ、くっ、よく締まるいい子だね」

額に汗を浮かべたアレクサンドルは、優花のお腹を撫で、子宮のある辺りを熱っぽく見つめる。

「一度出させてもらうよ」

そう言って彼は優花のお尻を持ち上げ、自身の太腿の上に乗せてガツガツと激しく腰を振り始めた。

「あうっ、あぁーっ！　やぁあっ、む、無理なのっ、も、ダメっ」

優花は涙を飛び散らせ、必死に行為の終わりを望む。だが抵抗していたはずなのに、最奥を抉られて甘い声を上げた。

優花はお互いの立場を忘れ、本能のまま嬌声を上げて腰をくねらせる。

「優花……っ」

爛熟しきった肉真珠を弾かれ、優花は食い縛った歯のあいだから声にならない絶叫を漏らし、一際高い頂きへ意識を飛ばした。

「っ――――ぁ……っあ、ぁ、く……あっ」

世界が真っ白に塗り潰され、まぶたの裏で光が瞬く。

体の奥で彼の分身が震え、ドクッドクッと絶頂の白濁を吐き出しているのが分かった。

意識が高みから体に戻った途端、優花はドッと汗を掻き、荒い呼吸を繰り返す。

アレクサンドルも無言で荒い呼吸を繰り返していた。

――終わった。

優花はぐったりして、彼が屹立を抜いて避妊具を処理するのをぼんやり見る。

(こんなに激しかったんだから、今日はもう……)

そう思っていた時、新しい避妊具のパッケージが破られる音がし、信じられない思いで顔を上げた。

そこにはもう回復したアレクサンドルの怒張があり、隆々としたそこに薄ピンクの皮膜が被せられている。

「疲れただろう。次は横になりながらできる体位にするから」

（そうじゃない！）

心の中で盛大に突っ込む優花をよそに、アレクサンドルは彼女の傍らに寝そべり、脚をずらして秘唇に亀頭を押し当てた。

「ちょ……待って、サーシャ……っ」

「好きだよ、優花」

しかしズブッと熱塊がたっぷり濡れた蜜壷に入り、一気に最奥まで貫かれた。

この日も気を失うまで喘がされ、彼が満足するまで体を貪られた。

シーツがびっしょり濡れた頃、優花は完全に気絶し、ようやく快楽地獄から解放された。

気が付くとまた朝を迎えていて、優花は交換された綺麗なシーツに寝ていた。

テーブルにはアレクサンドルのメモがあり、『優花からたっぷり愛を受け取って気力を得たから、今日も一日頑張ってくる。A』とある。

「……もう……」

怒る気にもなれず、優花はガウンを引っかけた姿でボフッとソファに座った。

少し体が軋むが、あの快楽は癖になりそうだ。

愛されて幸せだし、もし自分がもっとシンプルに考えられたら、この関係を楽しめただろう。

だが夜と違い、朝になると冷静さが増す。

(サーシャと肌を重ねるたび、我に返ると辛くなる。彼みたいな人に『好きだ』と言われて快楽を与えられて、もう他の男性に興味が持てなくなりそう)

そう思い、勘違いしないように気を引き締める。

彼に好意を持つほど、この関係が一か月の期間限定なのだと思い知らされる。

「……ちゃんと線引きしないと。彼を満足させるために〝恋人〟を演じて……でも、心は許さない」

そんなことを言う時点ですでに、アレクサンドルに惹かれていることに彼女は気付いていない。

契約が終わる頃、自分はどれほどアレクサンドルに溺れているだろう。

考えて、優花は小さく首を横に振り、なるべく契約が切れた時のことを考えないようにした。

＊　＊　＊

転機が訪れたのは、契約恋人になって二週間目の中頃だった。

朝食の席でアレクサンドルがいつものようにヨハンから予定を聞いている途中、「ミーナ」という女性の名前が出る。

「……彼女は何時に来ると？」

珍しくアレクサンドルの目がスッと冷たくなる。

向かいに座っていた優花は、彼がそのミーナという女性にあまりいい印象を抱いていないと悟った。

(私は口出ししたら駄目なやつだ)

そう決めて、きのこのコンソメスープを口にする。

「十四時の予定です。どうやら例の話の催促のようですが……」

ヨハンは言葉を濁し、優花は〝例の話〟が何なのか気になってしまう。

(関係ない。私はただの契約者でお客さんなんだから)

心の中で首をブンブンと横に振り、食事に集中しようとする。

だが気になって美味しいはずの料理を味わえない。

「彼女もしつこい人だな」

アレクサンドルは言葉を選ばずハッキリと言う。

「父上が立場ある方なので、殿下相手でもある程度の我が儘は通ると思われているのでしょう」

(どんな人だろう……?)

そう思いながら口を動かしていると、アレクサンドルがこちらを見て微笑んだ。

「君が心配することのない話だからな」

「え? わ、私は別に……」

誤魔化そうとしても、彼にはお見通しのようだ。

「君はいつも私と目を合わせて話すのに、さっきから目を伏せたままだ。いつもと反応が違うから、気にしているのだと思って」

「うっ……ちょ、ちょっとは気になりましたが……」

今までスケジュールに女性の名前が出ても、役職名がついていた。

なのにミーナはファーストネームで呼ばれているので、少し気になったのは事実だ。

「彼女は首相の娘で、よく宮殿に来ている。だが用事がないのに訪れるので、こちらも余計な時間を割かなければならず、辟易しているんだ」

(大した用もないのに宮殿に来るって、ミーナさんはサーシャが好きなんじゃないの? ……当たり前だよね。皇太子と首相の娘ならお似合いだ)

優花は視線を落とし、ウィンナーを口に入れる。口腔に肉汁が溢れても、素直に「美味しい」と思えなかった。

「優花。私の言っていることを理解している？」

「へ？」

顔を上げると、アレクサンドルは少し呆れて言う。

「私は彼女が好きじゃない。落ち込む必要はないよ」

「落ち込んでなんて……」

とっさに否定するが、アレクサンドルに有無を言わせない笑みを向けられる。

「は、はい……」

ここまで言われたら、頷くしかない。

そのあともスケジュール報告があり、二人はいつもと変わらない様子で食事をとった。

ミーナという名前を聞いて一瞬不安になったものの、アレクサンドルが太鼓判を押してくれたので、そのあと不安に思うこともなかった。

＊＊＊

午前中は庭園を散歩したあと、部屋でパソコンを開いてメールチェックをした。

昼食後は腹ごなしにまた庭園を散歩し、シアタールームに行くことにした。

恋人契約と言ってもアレクサンドルとセックスしかしていないので、そろそろ別の役割がほしい。

ヨハンと同じことができるとは言わないが、言葉は問題ないし、何か手伝いがしたい。

一般事務で必要な表計算ソフトや文書ソフトも扱える。

それを夕食の席で提案しようと思っていた。

ちなみに多忙をきわめている国王夫妻とはまだ顔を合わせていない。だが契約期間中に帰国するらしいので、その時に挨拶をさせてくれるようだ。

正直「殿下と恋人契約を結んでおります」など言えないが……

おまけに両親に挨拶をすれば、契約以上の存在になってしまいそうで恐い。

しかし今そんなことを考えても仕方がない。

「あぁ、やっぱりどこの国に行ってもパスタは美味しいな」

優花は昼食のボロネーゼを味わい、不安を忘れようとした。

優花はアレクサンドルから贈られたオフホワイトのワンピースにつば広の帽子を被り、のんびりと庭園を歩いている。

必要以上の物はいらないと言っているのに、彼は優花に様々な物を買い与えた。

毎朝食後はアレクサンドルと一緒に、王室専用美容師に髪を整えられる。夕食前には風呂に入った上、ヘッドスパにエステを受ける。

税金を無駄遣いしてはいけないと言えば、プライベートマネーだから構わないと開き直られる。

結果、優花は毎日セレブのような生活を送っていた。

お陰で髪の毛は艶々のサラサラだし、肌もすべすべだ。

「うー……。日本に戻ったら、ギャップに苦しみそう……」

心地いい日差しに風、バラの香りに癒やされながら、優花はゆっくり庭園を歩く。少し離れたところに護衛がいるが、もう慣れた。

宮殿の前庭は左右対称のフランス風で、裏庭は自然の作りを生かしたイングリッシュガーデン様式だ。人工的な滝や池、小川があり、古代の神殿の廃墟を模した物に、つるバラや藤が絡みつき、綺麗に花を咲かせるパーゴラもある。

宮殿の周りを一周していい運動をしたので、そろそろ部屋に戻ろうとした。

その時——

(あれ……？)

正面玄関に高級ブランドで身を固めた女性がいる。アレクサンドルに負けない金髪のロングヘアが美しい。スラリと背が高くて一七〇センチメートル以上はありそうなモデル体型だ。

彼女の周りには護衛とおぼしき黒スーツの男性が数人いる。

パッと見、全員顔つきの整った美男子のようだ。

（うわぁ……逆ハーレムだな）

「富裕層の女性の護衛は、顔もいいのだろうか」と感心しながら、優花は女性と取り巻きをぼんやりと見る。

（彼女がきっとミーナさんなんだろうな）

脳内でアレクサンドルと彼女が寄り添っている姿を想像し、「お似合いだ」と感じた。

彼女たちが宮殿内に入ってから、優花は溜め息をついて歩き、関係者用の入り口に向かう。

そこで出入りできるのは特別扱いされている証拠なのに、モヤモヤした心は明るくならなかった。

アレクサンドルの映画コレクションは、壁一面の棚を埋めるほどだった。

優花も映画好きなので、共通の趣味があるのは嬉しいのだが――

（今頃サーシャはミーナさんとお話ししてるのかな）

巨大スクリーンを使って映画鑑賞しても、いまいち没入できない。

ぼんやりと映画を見ながら飲み物を飲んでいたが、手洗いに行きたくなりリモコンの一時停止ボタンを押した。

最初は迷っていた宮殿も、二週間近く過ごせばどうにかなってくる。

宮殿の手洗いは上品でエレガントだ。最新機器が揃っていて、温水洗浄トイレの上、人感センサーの洗面台、ハンドドライヤーがある。

便利なだけでなく内装も美しく、曇り一つない巨大な鏡に大理石のボウル、化粧直し用のパウダールームは別にあり、ソファやコンセント、ＵＳＢの差し込み口まである。

（古めかしいお城に見えるのに、生活する部分は便利にできているんだよなぁ……）

西欧文化に日本発の温水洗浄トイレは根付いていないようだが、ここにあるということはアレクサンドルが留学中に出会って取り入れたのかもしれない。

そんなことを考えながら手洗いを済ませ、鏡で髪や顔をチェックして廊下に出た時だった。

『ねぇ、サーシャ。いいでしょう？』

遠くから甘えるような女性の声が聞こえた。優花は「サーシャ」という愛称に反応し、いけないと思うのに聞き耳を立ててしまう。

『ミーナ。頼むから聞き分けてくれ。私は君と個人的に付き合うつもりはない。君のお父上がどれだけ強引に話を進めても断る。それにここから奥はプライベートエリアだ。度が過ぎる行動は首相の娘らしくないぞ』

交わされる言葉はフラクシニア語だったが、優花は難なく理解できる。

『いいじゃない。パパだって私の報告を聞いて、宮殿の予算を決めるかもしれないわ。あまり私を邪険にすると良くないのでは？』

アレクサンドルを脅し、ミーナは強引にこちらに来ようとしているようだ。

（やば……。なるべく足音を立てないようにして、シアタールームに戻ろう）

この女性に見つかったら、ややこしいことになるに決まっている。

ヒールだとどうしても音が立つので、優花は靴を脱いで手に持ち、なるべく急いで移動した。

すると廊下の先の曲がり角から、ミーナが現れた。

ドキンッと鼓動が跳ね上がり、優花は蛇に睨まれた蛙のように固まってしまう。

ミーナは廊下の左右を確認したあと、優花の姿を見て眉を顰める。

『……なに？』

優花は両手に靴を持っていて、もしかしたら泥棒にでも見えたかもしれない。

彼女は何か言いたげに後方を振り向く。すると、すぐにアレクサンドルが姿を現した。

『ミーナ、だから勝手な真似は……優花？』

アレクサンドルは目を丸くして立っている優花を、驚いた顔で見る。だがフッと甘やかに微笑むと、こちらに歩み寄ってきた。

《優花、どうしたんだ？　靴は手に履くものじゃないぞ？》

アレクサンドルは言葉を英語に切り替え、彼女の両手にある靴を見て笑う。

ミーナは愛おしそうに優花を見るアレクサンドルを凝視し、彼女を〝邪魔者〟だと判断したようだ。

『彼女、なんなの？　アジア人のメイドかしら？　それにしては随分いい服を着ているけれど、客人の服でも盗んだのかしら？』

間近で見ると、ミーナは思っていた以上の美女だった。アレクサンドルより濃い青だが、とても綺麗な目をしている。

ツンと高い鼻梁も、小さな顔やすんなりとした体もモデルのようだ。ブランド服を身にまとっているが、きちんと着こなしている。

（メイドに見えても仕方がないな）

優花は自分が十人並みの顔をしていると分かっている。

ミーナからすれば、パッとしない優花がアレクサンドルのお気に入りだと想像できないだろう。

ミーナの視線は厳しい。

首相の娘につれなくしていた彼が、優花には和らいだ表情を見せたのだ。アレクサンドルと優花に体の関係があると知らないだろうが、女の勘が働いたに違いない。

《彼女は日本から来た大事な客だ。失礼な言動はやめてくれ。彼女が私たちの邪魔を

しないように、気遣ってくれたのが分からないかな？　さあ、話なら客室で聞くから我が儘を言わないでくれ》

アレクサンドルはこれ以上ミーナの敵意が優花に向かないよう、彼女に客室に戻るよう促す。

とりあえず優花は靴を履くために、ローヒールの靴を床に置いた。その時胸元からピンクダイヤのペンダントがシャランと下がる。

その輝きを目にしたミーナが、みるみる表情を険しくした。

《ちょっと！　あなた！》

「えっ？　ちょっ……な、なに？」

優花に分かるよう英語で言い、ミーナはずんずんと歩み寄ってくる。

思わず日本語でたじろぐ優花に構わず、ミーナは目の前に立つ。

そして青い目で優花を睨みつけ、奪い取るような手つきでペンダントトップを手に取った。

《これは失われた〝アフロディーテの涙〟じゃない！　なんでこの女がつけているの!?》

「は……？」

幼い頃から持っていたペンダントに、そんな呼び名があるとは知らず、優花は驚く。

何事かとアレクサンドルを見ると、彼はミーナの手をとり、二人のあいだに立ちはだかった。

《〝そういうこと〟だ》

アレクサンドルの背中が目の前にあるので、優花はミーナがどんな表情をしたのか分からない。その代わり、彼女が深く息を吐く音が聞こえた。

《……出直すわ》

ミーナは低い声で言い、足音高く立ち去っていった。

足音が遠ざかってから、優花は止めていた息を吐く。

「なんだったの……？　びっくりした……」

それから裸足だったのを思い出し、改めて靴を履き直そうとする。

「ああ、ちょっと待って」

それに気付いたアレクサンドルは、優花の前でしゃがみ、彼女の手を自分の肩に置かせる。そして、優花の靴を手に持った。

「えっ？　待って、そんなことをしたら駄目っ」

慌てて後ずさろうとするが、アレクサンドルは優花のふくらはぎを優しく掴んで離さない。

「好きな女性の靴ぐらい、履かせてくれないか」

優しく足を持ち上げられ、優花は申し訳ない気持ちになりながら靴を履かせてもらう。

「こんな贅沢な靴の履き方したの、初めてです」

少し頬を赤らめて言うと、立ち上がった彼が含み笑いをする。

「こうやって優花を困らせるのもいいな。さっきの『駄目』って言う声、可愛くて堪らなかった」

「もぉっ。そういうことばっかり……」

文句を言いかけたが、アレクサンドルに抱き締められて続く言葉を失った。

（いい匂い……）

うっとりして彼の匂いを吸い、吐く。優花は一瞬ミーナのことを忘れ、アレクサンドルを抱き返していた。

「……巻き込んでしまってすまない。今日は休養日だったのに心が安まらなくなったね」

「いいえ、お気になさらず。それにしても、〝アフロディーテの涙〟って何ですか？　子供の頃からお守りに持っていたペンダントですが、そんなに凄い宝石なんですか？」

アレクサンドルを見ると、彼は憧憬の混じった目で微笑む。

「いずれ両親と顔を合わせる日が来ると思うから、その時に説明させてもらっていいかな？　呪われた秘宝ではないから、心配しなくていい」

最後は冗談めかして言われ、優花もつい笑う。

「分かりました。でも一つ確認させてください。私が持っていていいんですか？　このペンダントは、子供の頃に両親から『お前の物だから大切にしなさい』ともらいましたでもフラクシニアのいわくのある物なら……」

ミーナが言っていた〝失われた〟という言葉も気になる。もしこの宝石が、フラクシニアから盗まれた物だったらどうしようと不安になる。

アレクサンドルは不安に駆られた優花の頭を撫で、首を横に振る。

「それは君の物だ。だから今まで通り大切にしてほしい。フラクシニアの者として、心より願う」

「分かりました。そうします」

カラーダイヤはフラクシニアの象徴だ。それを王族の彼に大切にしてほしいと言われたなら、素直に従っておこうと思った。

今は詳細を教えてもらえない雰囲気だが、そのうち教えてもらえると信じている。

「優花、愛し合おうか」

「はっ？」

いきなり宝石の話からセックスの話になり、優花はすっとんきょうな声をあげる。

「今日はもう用事がないんだ。本当ならミーナの相手をする予定だったが、思っていたよりもずっと早く切り上げてくれた。だから残る時間は君と一緒にいたい」

「切り上げてくれたって……」

優花は彼女の様子を思い出し、息をつく。

きっとアレクサンドルの私室に行きたかったのだろう。その途中で優花と出くわしてしまった。

(何だか申し訳ない気持ち)

敵意を向けられ、いい気分はしなかった。だが彼女の行動を邪魔したと思うと、日本人らしい部分が申し訳なさを覚える。

「彼女のことが気になるなら、もう少し説明しよう。首相の娘で、国立の音楽大学を出たあと現在はヴァイオリニストをしている。本人は私と結婚する気満々のようだが、私にはその気はまったくない」

ミーナについての追加情報は、予想通りな感じだった。

きっと天が何物も与えた人なのだろう。

「好きじゃないんですか？」

アレクサンドルは優花の背をそっと押し、廊下を歩く。

「確かにミーナは美人だ。それは認めよう。首相の娘で、音楽の才能もある。だが私が惹かれる要素はない。むしろ彼女のきつい性格や、何事も自分の思うままにいくと思っているところが目についてね」

「……」

性格について言われると、なんとも言いようがない。

「私が好きなのは君だと、どうしたら信じてくれるかな？　触りたいと思うのも、契約してでも関係を持ちたいと思ったのも君だけだ」

甘い言葉を信じてしまいそうになる。

「……そこまで自分に価値があると思えません」

(――あぁ、駄目だ。私……)

口にしてから、激しく後悔した。

アレクサンドルのように素敵な人の前で、自分を卑下する言葉は口にすべきではない。だが彼から愛を囁かれても、信じられないあまり本音を漏らしてしまった。

「ごめんなさい。そうじゃなくて……」

すぐ謝って別の言葉を探そうとするが、彼にぎゅうと抱き締められた。

「すまない、私が悪かった。君をここに引き留めたのも、恋人契約を結ばせたのも、肉体関係を迫ったのも私のせいだ。優花は仕事でフラクシニアを訪れただけで、初対面の王族に愛を囁かれても訳が分からないだろう。それは理解している」

優花の言葉を注意せず、アレクサンドルはすべてを肯定してくれる。だがそう言われて、優花はさらに情けなさを覚えた。

（サーシャは本当に完璧な人なのに、どうして私なんだろう？　彼に優しくされるほど、自分が矮小に思える）

かといってこの温かな牢獄から抜け出すには、深みにはまりすぎている。

「君が望むなら私の愛をすべて捧げよう。愛の言葉も、肉体の繋がりも、恋人以上のものも。もちろん、望むなら地位もお金も。君は今、何が欲しい？」

目線の高さを合わせて言う彼は、本当に一人の男性として優花を欲しているように思える。

契約だからそうしていると分かっているのに、胸の奥が甘く疼く。

「自信が……欲しいです」

アレクサンドルの側に居続けるには、あまりにも自信が足りなすぎる。

世界一素敵と言っても過言ではない彼に求められ、普通の一般人である優花は戸惑い続けていた。

「なぜ自分なのだろう？」と自信のなさが、「遊ばれているんだろうか？」という考えに至ってしまう。アレクサンドルがどれだけ「好きだ」と言ってくれても、「契約だからでしょう？」とひねくれたことを考えさせる。

それもこれも、自分はアレクサンドルに釣り合っていないと思っているからだ。

彼に釣り合うのは、それこそミーナのような女性ではないだろうか。ミーナの美貌は、同性でも溜め息をつかずにいられないほどだった。全身にお金をかけ、自分に見合った男性と結婚するために余念がない。努力して美しさを保っているのだろうし、首相の娘でヴァイオリニストという肩書きがあるなら、フラクシニアの国民もきっとミーナを支持し、アレクサンドルとの結婚を祝うだろう。

そこまで考えて、ずん……と落ち込む。

（私……嫉妬してる）

これまでは通訳の仕事を楽しみ、世界中の人と話せる生活に満足し、自分の生き方を気に入っていた。

だがアレクサンドルやミーナというハイレベルの人と、一介の通訳が同じ舞台に立てると思えない。

アレクサンドルは俯いて黙った優花の目を、覗き込んでくる。

「自分に自信を持てない？」

「……いつもはそれほどではありません。でもここにいると、とても場違いに思えます」

「そうか……」

ふむ、とアレクサンドルは何かを考えてから、優花を抱き締めてきた。

「え……っ？」

彼は驚く優花を優しく包み込み、大きな手でトントンと背中を撫でる。

「優花はいい子だよ。最高の女性だ。誰が何を言おうとも、私だけは優花の味方で、君のすべてを肯定しよう」

耳元で囁かれる言葉に、心が震えた。

こんな素晴らしい人に、〝応援〟してもらっている。

いい子で、最高の女性だと一番の賛美を受けている。

他の誰でもない、アレクサンドルから褒められて、優花は震えるほどの歓喜を覚えた。

（本当に彼に〝最高〟だと思ってもらえる人になりたいなぁ）

胸が締め付けられ、優花は卑屈になっていた自分から卒業しなくてはと思った。

契約でも、アレクサンドルは全力で恋人を演じてくれている。

演技でも、優花を勇気付ける言葉は心からのものだと信じたい。

（彼の期待に応えたい）

——この関係が終わるまで。

（卑屈になるんじゃなくて、もっと胸を張って堂々とすべきだ。でも、どうやれば……）

おずおずと彼を抱き締め返すと、アレクサンドルは満足げに微笑んだ。

「じゃあ、これから君にとっておきの魔法をかけよう」

「魔法？」

ファンタジーなことを言われ、優花は目を瞬（しばた）かせる。

アレクサンドルは彼女の背に手を回し、優花の部屋にいざなう。

「自信を持つには、愛情をたっぷり注がれることが必要だよ」

彼が言わんとすることを察し、優花はほんのり頬を染めて俯（うつむ）く。——が、あることを思い出した。

「あの、そういえばシアタールームで一時停止にしたままで……」

「大丈夫だ」

アレクサンドルはパチンとウィンクすると、ポケットから取り出したスマホで誰かにメッセージを送る。

「よし、これでOKだ」

そう言って、アレクサンドルは晴れやかな笑みを浮かべたのだった。

＊＊＊

「ん……ぁ、あん……」

シャワーを浴びたあと、二人はベッドで体を絡ませていた。

アレクサンドルは優花の体に所有印をつけ、胸にしゃぶりつき蜜壷に指を入れて掻き混ぜる。

優花は甘ったるい声を出し、アレクサンドルの肌や髪を撫でた。

下腹部からはクチュクチュと泡立った音が聞こえ、優花が感じる場所を彼の指が擦り続ける。

アレクサンドルは決して優花の体を乱暴に扱わない。優花が感じ、幸福感を覚えられるように優しく扱ってくれる。きっとそれが本当の意味で女性を大切にし、深く愛することなのだろうと知った。

指で愛撫する時も、ひたすらに善いところを刺激してくる。

「あ……っ、あ、ぁ、……ン、ぁ、あぁあ……っ」

次第に高く細くなっていく優花の声に、アレクサンドルは嬉しそうに目を細める。

「優花、気持ちいい？　感じてくれているか？」

「あぁっ、は、はい……っ、き……もち、い……っ」

声と一緒に優花の媚肉がひくつき、アレクサンドルの指をしゃぶった。

「可愛い。なんでこんなに可愛いんだろう、私の優花」

ちゅ、ちゅと優花の頬にキスを降らせ、アレクサンドルは陶然と呟く。

「あの……っ、ぁ、あっ、も……っ、達きそ……っ」

熱くなった体は燃えるようで、肌には玉の汗が浮かんでいる。胸の先端はどちらもたっぷり吸われてぽってりと赤くなり、テラリと光っていた。

彼の唇が這ったあとには赤い所有印がつき、そこからもじんわりと熱が体に染みこんでいる気がする。

下腹部はドロドロに煮えたぎって、あと少しの刺激で達してしまいそうだ。

「じゃあ、達かせてあげよう」

アレクサンドルの形のいい唇が弧を描いたかと思うと、親指がツルリと膨らんだ肉芽を弾く。

「ひんっ」

そのあと指の腹で細やかに撫でられ、容赦なく優花の弱点がいじめられる。ヌチュクチュと泡立った音が絶え間なく聞こえ、優花の耳を犯した。

「あ、ぁ、あ、あーっ、ぁ……っダメっ、ダメ、ダメ……っ、ぁっ——っ」

優花は襲い来る強烈な快楽におののき、思いきりアレクサンドルにしがみついて絶頂した。

快楽がせり上がって意識が真っ白に塗り潰され、自分がどんな悲鳴を上げたか自覚せず脱力する。

「ん……っ、ぅ、あ……あぁ…………」

「上手に達けたな、優花」

気持ち良さに耐えきれず達しただけなのに、彼は賛美を惜しまない。

「……嬉しい……」

優花の言葉を聞き、アレクサンドルはフワリと微笑む。

なのでつい、本音がポロリと漏れてしまった。

「優花が喜ぶことなら何だってしたい。私もその見返りを求めてもいいか？」

優しい眼差しの奥に、隠しきれない情熱がある。

昂って熱くなったモノを臀部に押し当てられ、優花は顔を赤らめて頷いた。

「ありがとう」

礼を言ってキスをしたあと、アレクサンドルは手早く避妊具をつける。

そのあと彼女の腰を抱え、深いキスをしてきた。

「ん……ぅ、ん……ン」

柔らかな舌が絡まって意識がフワフワし、絶頂後の気だるさも相まって心地いいキスに攫われる。

舌先同士をトロトロとすり合わせると、アレクサンドルの舌が側面や裏側まで存分に愛してくる。

「あ……ぁ、ん」

唇が離れた合間にごくっと唾液を嚥下し、優花は吐息を震わせる。

呼吸すら許さずアレクサンドルはまた優花にキスをし、ぐっと腰を押しつけてきた。

「んぅ、むーっ、むぅ、うぅ」

硬い切っ先が蜜口を押し広げ、太い剛直が侵入してきた。優花は口を塞がれたままくぐもった声を漏らした。

彼が何度か腰を揺すって亀頭を最奥に押しつけた瞬間、優花はアレクサンドルの舌を思いきり吸って、こみ上げる淫悦を必死に堪えた。

「ん……は」

アレクサンドルは糸を引いて唇を離し、赤面した優花を見つめる。

「熱く蕩けてきつきつで、とても気持ちいいよ。優花」

「はずかし……」

両手で顔を隠そうとするが、その手を掴んだアレクサンドルは甲にキスをしてきた。

彼の腰が揺れ、ゆっくりと最奥を穿たれる。

「んン、あぁ……あ……あっ、あぁ」

手を柔らかな唇にキスされ、くすぐったい。それだけでなくアレクサンドルは優花の指にねっとりと舌を這わせてきた。

指先から側面、指の股に至るまで舐められ、手が性感帯になったかのようだ。その間もアレクサンドルの腰は動き、クチュンクチュンと粘ついた音がしている。

「あ……、ア、奥……熱い……っ」

優花は口腔に溜まった唾を嚥下し、掠れた悲鳴を上げた。アレクサンドルの抽送は緩やかだったが、最奥を執拗に突き、ときおり腰を回してこねてくる。

静かに、ひたすら優花を感じさせる抱き方は、いつも彼女の理性を確実に引き剥がしていく。今日もとんでもない痴態を晒すのだと思うと、カァッと顔が熱を持った。

「あぁ、美味しかった。優花の体は手まで甘美だ」

アレクサンドルは銀糸を引き、優花の手から舌を離す。すっかり敏感になった手はポスンとシーツに落ち、体内に名状しがたい熱を燻らせる。

「優花、優花……」

アレクサンドルは繰り返し彼女の名前を呼び、赤い跡のついた胸を揉む。掌で包み、指先で勃ち上がった先端をスリスリと撫で、柔らかな肉を優しく揺さぶる。

「ん、あぁ、あ……っ、むね、やぁ、あ……っ」

優花は鼻に掛かった声を上げ、腰を揺らす。それが甘えた猫のようだとアレクサンドルが笑った。

最奥をトントンと優しくノックされ、優花の意識を酩酊させる。

「ふぁ……っ、あ、あぁーっ、ンッ、きもち……っ、あっ、あぁ……っ」

優花ははばかりなく猥りがましい声を上げ、クネクネと腰を揺らして首を振った。そうでもしなければ、与えられる悦楽に耐えられない。

「もっと……っ、もっと、愛してっ」

優花は愛を乞うて腕を伸ばし、彼の頭を掻き抱く。

それに応えるように、アレクサンドルは優花の両脚を抱え上げ、自分の肩の上に担ぎ上げた。

「ぅんっ！　あっ」

どっ、と最奥を強く突き上げられ、苦しげな声を漏らす。次にねりねりと子宮口がいじめられて意識が真っ白になった。

「っぁ……っ、あっ――ひぃっ！　…………っく、ぁ――ア、あぁ……っ」

お腹の奥がひくつき、肉茎を強く吸引する。快楽に蕩けた膣肉が持てる力を総動員して、男の射精を促した。

「ア……っ、優花……っ、奥がピクピクしていて可愛いよ」

アレクサンドルは彼女の体を揺さぶるように突き上げながら、手で優花の下腹を撫で回した。その声は熱く掠れ、彼の興奮を知らせた。

触られるだけでも感じるのに、時にぐぅっと掌を下腹部に押しつけられると、屹立がゴリゴリと動いているのが分かり、卑猥な気持ちになった。

「あぁあっ、それ……っ、ダメぇっ、おなか……っ、感じちゃう……っ」

「もっと感じなさい。気持ち良かったらいくらでも達っていいから」

アレクサンドルはまた執拗に腰を回し、優花の最奥をいじめた。

柔らかな子宮口をつつき、押し、時に腰を細かく揺さぶって振動を与えてくる。

「っあ――あぁあっ、ダメっ、ダメぇえっ、奥ばっかり……っ、あ、サーシャも、気持ちよく……なってっ」

自分ばかり感じるのが嫌で、優花は涙目になってアレクサンドルの抽送を望む。

その最中も最奥はピクピクと痙攣し、絶頂に終わりがない。

今まで自慰をするにも陰核を弄る程度だった。

だがこの二週間少しアレクサンドルに抱かれ続け、優花はすっかり最奥で感じるようになってしまった。

「じゃあ、こうしよう」

彼は優花の脚を下ろし、体を抱き起こすと、自分の腰の上に座らせた。

アレクサンドルは対面座位になって深く口づけ、優花の背中や腰を撫でてくる。それに応え、彼女はねっとりと腰をくねらせた。

「胸、吸わせて」

耳元で熱く掠れた声がし、アレクサンドルが優花の胸にしゃぶりつく。彼の邪魔をしないように、優花はゆっくり腰を前後させた。

「ん……っ、あ、サーシャ……感じて」

優花は立て続けに達して、ほとんど体力が残っていなかった。

だが少しでもアレクサンドルに感じてほしいと思い、懸命に蜜壷を締め腰を動かす。

彼が乳首から唇を離し、「凄い締め付けだ」と呟いた時は、誇らしい気持ちになった。

――感じてほしい。

――私だけを見てほしい。

とめどない欲望が泉のように湧き出て、優花の肉体から溢れてしまいそうだ。

だが不意にミーナの顔が脳裏をよぎり、ズキンと胸が痛くなる。

――彼女なら、もっと彼を満足させられるのかな。

――私より、同じ国の人のほうが分かり合えるんじゃないの？

自分の武器は色々な国を転々としてきた経験なのに、いざ異文化のアレクサンドルを前にし、ミーナのような女性に立ち塞がられると、途端に自信がなくなる。

不安に駆られ、優花の腰の動きが小さくなる。

「……優花？」

アレクサンドルは彼女の目から涙が零れていることに気付いて瞠目する。

「……っ、う……うっ……っ」

食い縛った歯の間から嗚咽が漏れる。

「どうしたんだ？　優花」

アレクサンドルは優しく優花を抱き締め、ちゅ、ちゅと顔に優しいキスをする。その包み込むような愛情が、今ばかりは辛かった。

「……っ、優しくするのも……っ、契約の恋人……っだから、でしょっ」

言ってはいけない、ひねくれた言葉が唇から漏れてしまう。

分かっていたはずなのに、「契約だから」という理由でアレクサンドルを責めるのは、ルール違反だ。

最初から契約だと言われていたから、アレクサンドルが心の底から優花を愛する訳がないのは分かっていた。彼がそう言うのは、結婚する前に日本人女性と理想的な交際を経験したいからだ。

だが毎日抱かれて優しくされ、優花はズブズブと不毛な恋に嵌まってしまった。

こんなに人に優しくされ、愛されたら、誰だって勘違いしてしまう。

騙し騙しやっていけると思ったが、自分の嫉妬心を自覚してからこの契約関係の終わりを予感した。

（もう……ダメだ）

優花の腰は止まり、細めた目から新たな涙が零れる。それを乱暴に拭い、優花は自ら繋がりを解いた。

屹立が抜ける瞬間、この上ない寂しさを感じる。

もっとこの人を独占して愛されたいのに……という気持ちを押し殺す。

「私を信じてくれないのか？」

どこか苛立った様子でアレクサンドルが立ち上がりかけるが、優花は彼を思いきり突き飛ばしてベッドに寝かせた。

「私、あなたの契約恋人です。だから、あなたを最後まで気持ち良くさせないと」

――あぁ。

――こんなことが言いたい訳じゃない。

優花は心の中で涙を流し、「本当は違うの」と泣き叫ぶ。

「優花……。やめるんだ」

優花は起き上がろうとしたアレクサンドルの胸板を掌で押し、屹立から避妊具を取った。

そして黒髪を掻き上げ、彼の下腹部に顔を埋める。

「ん……ぐ」

大きな亀頭を口内に含み、じゅうっと吸う。

口での奉仕はしたことがなかったが、概要は掴んでいる。雁首を中心に刺激すれば、気持ち良くなってくれるはずだ。

「優花っ」

アレクサンドルの苦しげな声が聞こえるが、構わず顔を上下させた。

――私は契約恋人なんだから。

――気持ちなんて求めないで、彼を気持ち良くすればいい。

――彼は皇太子だから、きっと相応しい人と結婚する。

――彼のような素晴らしい人を、私なんかが独り占めするなんておこがましい。

――私は一国の皇太子の寵愛を受けていると、勘違いしている痛い女。

――こんな女、サーシャが本気で好きになる訳がない。

優花は涙を零し、喉奥にねばついた汁を感じながら屹立を舐めて吸う。

「……優花っ！」

初めてアレクサンドルが激昂する声を聞いたと思った瞬間、彼女は仰向けになっていた。

涙で歪んだ視界には、今にも泣き出しそうな表情のアレクサンドルが映る。

――いや、彼は泣いていた。

綺麗な青い目から、ツッと雫が滴る。

(流れ星みたい)

綺麗な人は、泣いただけでも美しい。

呆けたまま彼を見ていると、彼は乱暴に涙を拭ってベッドから下りた。

「お互い、少し冷静になろう」

アレクサンドルは優花の体に毛布を被せ、こんな時なのに優しく頭を撫でた。

そのあと彼は額に唇を押し当て、「愛している」と呟いた。

それが本音なら、どれだけ幸せだろう――

でも彼は、律儀に最後まで契約恋人を演じてくれているだけだ。

「サーシャ……」

それ以上アレクサンドルは何もせず、何も言わず、避妊具を片付けて服を着る。そして静かに部屋を出て行った。

一人部屋に残された優花は、ゆっくりと息を吸い、吐く。

感情の高ぶりは収まりつつあり、思考も冷静になろうとしていた。

「……越えちゃいけない一線を越えちゃった。絶対言っちゃいけない言葉だったのに……。勘違い、したらダメだったのに……」

小さな声が、静まりかえった部屋に落ちる。

優花はドサッとベッドの上に横になり、今後のことを考えた。

非日常を味わいすぎて、ずっと妙な高揚感のままフラクシニアに滞在していた。

だがこんな感情を抱いてしまった以上、ここに居続ける訳にいかない。

約束の一か月まであと半分だ。約束は守るとして、これ以上深みに入らないように体の関係は断るべきだ。

「……契約書を見直して、関係の改善ができないか提案しよう」

それでも、この契約は天から与えられたギフトだと思っていた。

苦しい恋でも、誰かを本気で好きになれた。夢のような生活を送れて、皇太子に愛を囁(ささや)かれ、もう十分幸せな思いをした。

あと半月、肉体関係はなくても彼の側で恋人らしく過ごせば、きっとアレクサンドルも満足してくれる。

優花はゆっくり起き上がり、バスタブにお湯を溜めようと考えた。

それから契約書をもう一度読み直し、関係を深めないための理由を見つけようと思った。

第五章　罠

その晩は食欲がないとヨハンに伝えると、部屋に軽食が運ばれた。

サンドウィッチやスープなど簡単に思える物でも、シェフが手間をかけて作ったので申し訳ない。

「殿下と喧嘩でもしましたか？」

給仕をしてくれたヨハンが尋ねてくる。

もしかしたらアレクサンドルに頼まれたのかもしれないし、彼が主を気遣って探りを入れた可能性も否めない。

喧嘩をしたのは事実だから仕方がない。

「……私が我が儘を言ってしまっただけです。このままじゃいけないので、契約書の見直しをしたいと思っています」

「殿下が失礼なことをしましたか？」

心配してくれるヨハンに、優花はゆるりと首を横に振る。

「私が悪いんです。……契約なのに、サーシャを好きになってしまいそうだから」

優花の言葉を聞いて、ヨハンは何とも言えない表情を浮かべた。

小さく「お気の毒に」と呟いた気がしたが、誰に言ったのか分からない。

しばらくヨハンは黙っていたが、慎重に問いかけてくる。

「優花様は、これ以上傷付きたくないのですね。確かにミーナ様のことがありましたし、お気持ちはお察しします。ですが――。あー……殿下のお気持ちはどうお考えでしょう？　あの方が遊びで女性を抱くとお思いですか？」

優花はサンドウィッチの残りを口に入れる。もぐもぐと咀嚼しながら考え、心に思い浮かんだ素直な気持ちを口にした。

「……サーシャは誠実ですし、女性を本気にさせて弄び捨てるような人ではないと知っています」

だからこそ、彼が『恋人契約』と言い出したのが理解できない。

「日本に興味があると言っていましたし、側に日本人女性を置きたかったのではないでしょうか。でもフラクシニアの王族が、日本人と公に付き合うなど許されません。だから宮殿内部で事足りる、私的な恋人のつもりで……」

言いながらヨハンを見ると、彼は目だけで天井を仰いでいた。

海外で用いられるアイロール——目だけで天井を向くジェスチャーは様々な意味があるが、この場合彼は呆れているのだろう。

だが優花だって、ボロボロに傷付く前に自衛したい。

かといって、フラクシニア滞在の思い出を悪いものにしないために、きちんと相談したいと思っていた。

「サーシャに『時間に余裕があったら、契約内容の見直しについて話し合いたいです』とお伝え願えませんか？　契約にも『契約内容を見直したい場合、Contractee（被契約者）は Main contractor（主契約者）に話し合いを要求することができる』とありましたし」

「そうですね。……あー……」

ヨハンはまた言葉を濁し、それから思いついたように話題を変えた。

「明後日に陛下と妃殿下との謁見を予定していますが、そのあとでも構いませんか？」

「もちろん、いつでも構いません。ですが日本の一般人が、国王陛下と妃殿下に謁見するなど畏れ多いです。海外視察をなさっていたのでしょう？　お疲れでしょうし、ご帰国されてすぐ私に構わずとも……」

（どうしてこの宮殿の人たちは、私にここまで良くしてくれるんだろう？　よほどの日本びいきなのかな？）

考えても、分からない。

優花は困惑するが、ヨハンはいつものように微笑むだけだ。

「陛下たちがお望みです」

「……分かりました。お会いします」

優花はヨハンに気付かれないように息をつき、ティーカップに残っていた紅茶を飲み干す。

「明日はまた市街地を歩こうと思います。道は分かりますので、護衛や案内の方は結構です」

何か言いたげなヨハンの視線に、優花は苦笑いをする。

「お願いします。一人でゆっくりしたいんです」

「……承知致しました」

ヨハンが頷いたので、優花はこの話を終わりにするために、努めて明るい声を出した。

「ごちそうさまでした。美味しかったです。わざわざ作って頂いてありがとうございます、シェフにお伝えください」

「お口に合ったのなら何よりです」

ヨハンはその気持ちを汲んでくれ、空になった皿などをワゴンに戻す。

やがて一人になった優花は、溜め息をついて寝る支度を始めた。しかし気持ちは依然憂鬱なままだ。

(サーシャに会いたい。抱き締められて、甘やかされたい。声が聞きたい)

自分からあんなことを言ったのに、じわじわと恋慕の情が胸を支配し、切なさのあまり泣きそうになる。

ほんの数時間離れただけで、こうだ。

(もうとっくのとうに、私はサーシャに恋をしてる)

目を背け続けていたのに、とうとう自覚してしまった

（でも忘れないと。私は彼と本当の恋人になれないし、結婚もできない。未来が描けない関係なら、期待するだけ無駄だから……）

グスッと洟をすすった優花は、洗面所に行って鏡に映った自分を見る。

以前は自分の顔を見ると、〝タフそうな顔〟と思っていた。

それが今はすっかり、〝好きな人を求める女の顔〟になっている。

（弱く……なったなぁ）

ヘアバンドとクリップで髪を留め、パンッと両手で頬を叩いた。

「好きな人の前では、シャンとしなきゃ！」

優花は鏡の中の自分を鼓舞し、気分を変えるために顔を洗い始めた。

＊　＊　＊

翌朝は、エアハルトが迎えに来てくれた。いつもと違うなと思っていると、案の定、朝食室にアレクサンドルの姿はなかった。

気まずくなってエアハルトに尋ねると、「今日は遠方でのご予定があるので、ヨハンと共に早朝からお出かけです」と言われた。

避けられている気がして落ち込みかけたが、アレクサンドルに酷いことをしておいて傷付いたと言う権利はない。

朝食が終わったあと、優花は予定通り市街地へ赴いた。

フラクシニアの宮殿は小高い丘の上にあり坂が急なので、街の入り口までエアハルトが送ってくれた。

「お気を付けて」

ノースサイドと呼ばれる街の入り口で、車から降りたエアハルトが折り目正しくお辞儀をする。

「もしお帰りの際に車が必要でしたら、いつでもご連絡ください。お疲れになったあと、この坂を上るのはきついでしょうから」

「ご親切にありがとうございます」

優花はぺこりとお辞儀をして歩き出す。

日本と違って足元はアスファルトではなく、石畳が続いている。足が疲れること請け合いだが、これもいずれいい思い出になるだろう。

（えーと、可愛い雑貨屋さんはあっちだったっけ）

優花はもう一度行きたいと思っていた店を思い出し、歩いていく。

移動しやすいように、今日はTシャツにジーンズとカジュアルな服装だ。靴もスニーカーにしたし、とことん歩こうと思った。

可愛らしいトゥルフの街を歩き、ときおり写真を撮りつつショッピングを楽しむ。

トゥルフは人口五十万人ほどで、そこまで大都市ではない。だが宝石や石油が採れる資源豊かな国なので、綺麗に整備されていて、世界中の観光客が「また行きたい」と言う魅力がある。

メインストリートにはハイブランドのショップが並び、道路も入り組んでおらず分かりやすい。

優花はショコラトリーやコーヒー・紅茶の店が並ぶストリートに入り、友人に買っていくお土産(みやげ)を吟味(ぎんみ)する。

そろそろランチの時間かなと思った頃、突然英語で話しかけられた。

《すみません。ミズ・ユウカ・スミカワ？》

振り向けば、そこには警察の制服を着た、体つきのいい男性が二人立っている。

《は、はい……。何か？》

警察のお世話になる覚えはまったくない。だがここは異国であるため、何があってもおかしくない。

アレクサンドルの客人として宮殿にいても、国として見れば渡航者の一人だ。

緊張して返事をすると、一人が慇懃(いんぎん)な態度で側にあるパトカーを示した。

《失礼ですが、お尋ねしたいことがあるのでご同行願えますか？》

《……理由をお聞かせ願いますか？　任意ですよね？》

胸は緊張でドクドクと鳴っているが、努めて平静に応(こた)える。

パスポートは問題がないはずだし、所持してはいけない物など買っていない。

懸命に心当たりを探していると、返ってきた言葉は予想外のものだった。

《あなたに窃盗容疑がかかっています》

「えっ⁉」

思わず優花は日本語で声を上げ、周囲の人々がチラッと振り返った。

《ちょっと待ってください！　私、泥棒なんてしていません。私はフリーランスの通訳です。個人事業主なのでレシート類もすべて保管しています。買った物とレシートを照らし合わせてください》

優花は慌てて説明する。できるだけ冷静に対応したが、胸の奥では心臓がドキドキと嫌な音を立てていた。

もしこれがアレクサンドルやヨハンの耳に入り、迷惑をかけたら申し訳ない。明後日には国王夫妻と謁見(えっけん)するのに、とんだトラブルだ。

《店舗から盗難をしたのではなく、失われた国宝を所持しているのが理由です》

警官の目が優花の胸元に注がれる。

《え……。だって……これは……》

無意識に手をやった胸元には、例のピンクダイヤがある。

警官はジッと優花を見たまま、もう一度パトカーを示す。

《話を聞くだけです。そのペンダント……〝アフロディーテの涙〟がどのような経緯であなたの元にあるのか、我々はフラクシニアの国民として聞く義務があります》

《待ってください。私、警察に行くようなことは何一つ……》

警官に腕を取られ、優花は絶望的な気持ちになって周囲を見回した。

しかし周りにいるトゥルフの人や観光客は、取り立てられる優花を好奇の目で見るだけだ。誰一人助けてくれなさそうな雰囲気を察し、目の前が真っ暗になった心地になる。

（こんなことになるんだったら、エアハルトさんに同行してもらえば良かった……！）

そう思っても後の祭りだ。

《待ってください！　せめて殿下に連絡を……っ》

スマホを取り出すと、なぜか警官に取り上げられてしまった。

《これから先、個人的な連絡はお控え願います。まずは署で事情をお聞きしてから、事実関係を確認します》

そう言って警官は優花をパトカーに押し込んだ。

《任意なんでしょう？　私は窃盗などしていません！》

懸命に抵抗するが、優花の反対側に一人が座り、もう一人が運転席に座ると、パトカーは走り出してしまった。

一人で気兼ねなく観光を……と思っていたのに、とんでもないことになり、優花は溜め息をついた。

＊　＊　＊

《――ですから、何度言えば分かってくれるんですか？　これは幼い頃フラクシニアに滞在していた時、両親が誰かからもらった物です。私の両親が盗みを働いたなどあり得ません》

優花は取調室で、苛々（いらいら）して同じ話を繰り返していた。

室内には無機質なデスクとパイプ椅子があり、調書を取る者がタイピングをする音のみが響く。

気が滅入る環境で、知っていることをすべて話しても、警察は同じような質問を繰り返して取り合ってくれない。

自分だけでなく両親まで侮辱された気持ちになり、悔しくて仕方がない。

そんな状況が一時間以上続いた時、廊下から話し声が聞こえ、取調室のドアがノックされた。

警官が立ち上がったので優花はホッとする。

（もしかしたら、ヨハンさんか誰かが来てくれたのかもしれない）

期待してドアの方を向き――顔が強張（こわば）った。

《こんにちは》

そこに立っていたのは、ミーナだ。

（どうして――）

疑問に思ったあと、ハッと気付いた。

考えてみれば優花はペンダントについて尋問されている。『アフロディーテの涙』という名前を知ったのは、ミーナが言っていたからだ。

あの時ペンダントに執着を見せていた彼女が、ここに姿を現したということは――何か繋（つな）がりがあると思った方がいいだろう。

ミーナはコツコツとヒールの音をさせ、優雅に歩いてくる。

そして警官が座っていたパイプ椅子に座ると、尊大に脚を組んだ。警官は室内の隅に立ち、まるで女王様のような扱いだ。

それまでパソコンに向かっていた記録官は、いつの間にか退室していた。つまるところ、これはオフレコだ。

《どうして……。私が盗んだことになっているのですか》

英語で尋ねると、ミーナは眉を上げて嘲るような笑みを浮かべる。

《日本人は挨拶もできないの？》

《っ……》

こんな状況でのんきに挨拶なんて……と思ったが、今の自分に一番必要なのは冷静さだ。

《……失礼致しました。非礼をお詫びします》

《一応、常識はあるみたいね。安心したわ》

おすわりができた犬のように言われ、屈辱的だ。しかし警察署の中で騒いでも自分が不利になるだけだ。

《〝アフロディーテの涙〟を図々しくまだ身につけているの？　盗んだ物なのだから、外しなさいよ》

ミーナは優花の首元を見て、顔をしかめた。

《……私はこのペンダントがそういう名前であることや、特別な事情があることを知りません。確かに私は幼い頃にこの国にいて、両親伝いに誰かからペンダントをもらいました。それ以来、このペンダントを大事にしています。なのにどうして今になって盗人扱いされるのか、納得できません》

彼女の目を真っ直ぐ見つめ、優花は今まで繰り返したことをもう一度口にする。

するとミーナは冷たい目で優花を一瞥し、呆れたように目を天井に向けた。

《何も分かっていないようだから、特別に教えてあげる。そのピンクダイヤ……〝アフロディーテの涙〟は、フラクシニア王妃に受け継がれてきた物よ。そんな国宝を、なぜ日本人のあなたが持っているのか、逆に私が聞きたいのだけど》

《――――!!》

思ってもみないことを教えられ、全身からざっと血の気が引く。

そんなことは、両親からも教えられていなかった。

《そんな……》

《本来ならそのペンダントは、妃殿下か、皇太子妃となる女性の首にあるはずだわ》

ミーナはトントン、と自分の首の下を指で打つ。自分こそ正統な持ち主だと言いたいのだろう。

《サーシャは左手の親指にレッドダイヤの指輪を嵌めているでしょう？　あれは〝王者の血〟と言って、〝アフロディーテの涙〟と対になる宝石なの。このピンクダイヤを持っている女性が、〝王者の血〟を持つ者の伴侶になると言われているわ》

《知りません……私、本当に知らなくて……》

ずっと大事にしていた宝石が、他国の王家に関わる物だと思いもしなかった。

あまりに話のスケールが大きくなり、優花は声も手も震わせていた。

《だから盗んだって言っているのよ。あなたみたいな日本人が持っているなんて許されないわ。よこしなさい！》

ミーナは立ち上がり、優花の首元に手を伸ばす。

とっさに手を払うと、彼女は柳眉を逆立て睨んできた。そして警官に向かって声を張り上げる。

『この女を押さえて！』

警官が動いたかと思うと、優花はデスクに上半身を押さえつけられ、両手を後ろにいましめられた。

《ちょ……っ、やめて！　やめてください！》

体格のいい警官に押さえられ、少しも動くことができない。

必死に手足をバタつかせても、強い力で背中を押さえられているので、上半身が起こせない。

そのあいだ、ミーナはペンダントのチェーンを外してピンクダイヤを奪う。

《泥棒はどっちですか！　返してください！　それは私の宝物です！》

必死に顔を上げると、バンッと思いきり頬を叩かれた。

《嫌だわ。卑しい人間って心まで浅ましいのね。盗んだ物を自分の物だと言い張る上に、正統な持ち主を盗人呼ばわりするなんて》

ミーナは蔑(さげす)みの表情で優花を見下ろし、立ち上がる。

そしてフラクシニア語で軽やかに警官に指示をした。

『もうこの女に用はないわ。サーシャに二度と会えないように犯してから国外退去にしてちょうだい。日本人は狭い島国にいればいいのよ』

「ちょっ……」

とんでもないことを言われ、優花は冷水を浴びせられたかのような心地になる。

『しかしミーナ様……』

さすがに警官も及び腰になったのか、当惑を隠せずにいる。

『あなた、先日の不祥事をもみ消しにするって言われて安心していない？　その気になればいつでも煙を立てられるのよ』

『しょ、承知致しました』

《待って！　お願い！　返して！》

もしあのペンダントが王妃の物なら、優花は何らかの意味を持ってあれを託されたことになる。

物心つくかつかないかの頃で、フラクシニアで何があったのか思い出せない。

だが誰かが何らかの思いを込めて、両親にピンクダイヤを託したなら、それを守り切るのが自分の役目ではないだろうか。

《ミーナさん！　待って！　お願い！》

優花はガタガタとデスクが鳴るほど、必死に抵抗する。

『たっぷり可愛がられて、発情したメスネコのように啼きなさい』

目の前でミーナが美しく、そして醜悪に笑う。そして優花のジーンズのファスナーを外して膝まで下げた。さらに写真に撮ってきた。

《な……っ》

『これでサーシャはあなたに愛想を尽かすわね』

ミーナの高笑いが聞こえたあと、無情にもドアが閉められる音がした。

『……悪く思うなよ』

背後で警官がフラクシニア語で言ったあと、優花の手首がデスクの脚に手錠でいましめられた。大きく腕を広げる形でデスクにうつ伏せになり、警官に尻を突き出す格好になる。

「ちょ……っ、やめて！　やめて！」

優花は鳥肌を立て、持てる力のすべてで暴れた。

懸命に後方に脚を振って警官を蹴ろうとするが、見えないので当たるはずもない。

《お願いしますっ！　やめて！　やめてください！》

手首が痛くなるのも構わず、優花はガタガタとデスクを鳴らして暴れ回る。

しかし背後から聞こえてきたのは、興奮した警官の独り言だ。

『日本人とヤッたことはないが、こうなったら楽しんでやる』

ベルトを外す音がし、『ちょっと待ってろ』と男が男根を扱いている気配がする。

《待って……やめて……っ、やめてくださいっ》

優花はボロボロと涙を零し、冷たいスチール製のデスクに顔をつける。

アレクサンドルを愛し、契約が終わってフラクシニアを離れても、彼以外の男性を愛せないと思っていた。

当分次の恋を探さず、甘い思い出をよすがに生きていこうと決めていたのに――

それが、こんな風に汚されるとは――

「サーシャ……っ！　サーシャ！　助けてぇ！」

警官の手が優花の尻にかかり、下着を引き下ろそうとした。

「いやあああぁぁぁっ！　サーシャーーっ!!」

力一杯絶叫した時、廊下からバタバタとせわしない足音がした。誰かと言い合う怒鳴り声が聞こえ、勢いよく部屋のドアが開く。

「優花っ！」

姿は見えない。

けれど耳に馴染んだ愛しい人の声を、聞き間違えるはずがなかった。

「サーシャ……っ、サーシャっ！」

優花が彼の名を繰り返す中、背後で鈍い音と男性の低い呻き声が聞こえた。ガタガタッと何かが激しくぶつかり合う音がし、ガシャーンッとパイプ椅子が倒れる音も聞こえる。

争いが起こっているのを察し、優花は目を閉じて全身を硬くする。

やがて室内が静まりかえり、荒くなった呼吸を整える音と、痛みを堪える呻きが聞こえる。

アレクサンドルがフラクシニア語のスラングで何か罵ったあと、少し冷静さを取り戻した彼の声がした。

『手錠の鍵を置いて、今すぐこの部屋から出て行け』

『おおせのままに……っ』

くぐもった声で警官が応える。そのあと慌ただしい足音がして、ドアが閉められた。

「……うっ、うぅっ」

あまりの恐ろしさに震えて泣いている優花のジーンズを、アレクサンドルが戻してくれる。

「優花、もう大丈夫だ」

落ち着かせるように彼が背中を撫で、ポンポンと軽く叩く。

温かな掌の感触に優花は安堵の息をつき、強張っていた体の力を緩める。そのあと手錠が外された。

「サーシャ……っ」

振り向くと、スーツ姿のアレクサンドルが髪を乱して立っている。

「……優花。怖かったね」

彼は眉を寄せて微笑み、優花は体当たりするように抱きついた。

「――っう、うぅっ、うーっ……うっ、うぅっ」

ブルブルと震えて嗚咽する優花を、アレクサンドルはしっかり抱き締めてくれる。

そのまま彼は壁際に座り込み、何度も頭や背中を撫でた。優花の額にキスをし、涙で濡れている頬にも唇を這わせ、しょっぱい雫を吸い取る。

「君の感情をシェアしよう。喜びや楽しさはもちろん、悲しさや悔しさも一生共にする」

まるで結婚の誓いのようで、優花は思わず笑う。

「ありがとうございます。……私は、その想いだけでもう……」

――契約の恋人以上のことをたくさんしてもらったし、気持ちも一杯もらった。

（本当に私、幸せ者だな……）

ピンチになったら助けてくれて、自分は契約以上の存在だと思ってしまいそうだ。

「優花、無事だと教えてくれ」

「え……？　――んっ」

そう言われた瞬間、唇を奪われていた。

「ふ……っ、う、――ん、……ん、ぅ……」

優しく唇を啄まれ、優花は反射的に目を閉じる。何度も味わったアレクサンドルの舌を、自らの舌で迎える。

舌先同士で探り合っていると緊張していた体が優しい気持ちで緩んでいく。

リップ音がしたあと、彼の舌が優花の口内をまさぐる。

「んふ……っ、ン、んぅ――ンんっ」

くぐもった声を漏らすと、アレクサンドルがいつものように頭を撫でて褒めてくれる。

口内を舌で掻き回され、全身に痺れるような心地よさが広がっていった。優花はいつの間にか彼に縋り付いていた。

やがて二人の唇が離れ、銀糸がフツリと切れる。

はぁ……はぁ……と呼吸を整えていると、疑いを持たれた悔しさや、警官に襲われかけた恐怖が薄れていた。

「……本当に間に合って良かった」

アレクサンドルが呟き、切なそうに息をつく。

「サーシャ……」

彼のぬくもりに包まれ優しい声を聞き、優花の鼓動が落ち着いていく。

優花が落ち着きを取り戻すまで、アレクサンドルは床の上に座って抱き締め、キスをしてくれた。

恐怖が収まったあと、優花はアレクサンドルと共に取調室の外に出た。

廊下には恰幅のいい男性がいて、引き攣った顔でこちらを見ている。

その後ろに憤然としたミーナがいて、ヨハンにしっかり腕を掴まれていた。

『このたびは殿下の婚約者に、とんでもないご迷惑を……』

恰幅のいい男性がフラクシニア語でアレクサンドルに謝罪し、ぺこぺこと頭を下げる。

だが彼は男性に返事をするより、優花への説明を優先した。

《優花、こちらは警察署長。首相とは〝友人〟のようだが、私にも警察庁長官や弁護士の〝友人〟がいるのでね。これから良い話し合いができればと思っている》

アレクサンドルがこれほど冷ややかな声を出すのを、初めて聞いた気がする。

《殿下、こちらを取り戻しておきました》

ヨハンはしっかりミーナの腕を掴んだまま、アレクサンドルにペンダントを渡す。

《ご苦労、ヨハン》

アレクサンドルは短く言い、優花にニコリと微笑みかける。
《後ろを向いて。これは君の物だ。皇太子である私が保証する》
《で……でも、元の持ち主が王家の方だと……。ええと、王妃様……？》
先ほど聞かされた内容を思い出して言うが、アレクサンドルは首を横に振って微笑む。
《それは明日、両親と会う時に説明する。だから今はこれを身につけてくれないか？》
《……はい》
アレクサンドルに背中を向けると、優しく抱き締められた。それからアレクサンドルは、ピンクダイヤのペンダントをつけ直してくれる。
《〝アフロディーテの涙〟をつけて許されるのは、祖母と母の他は優花だけだ》
アレクサンドルが誰かに聞かせるようにハッキリ告げ、優花はハッとして振り向く。
だが彼は怒りに燃える目でミーナを見ていた。
《ミーナ・サルミャーエ。私はあなたを絶対に許さない。今後公（おおやけ）の場であなたと会っても、相応の礼は尽くすが私的に話さない。あなたが首相の娘だろうが、私には関係ない。大切な人を傷付けるなら、私の持ちうる力を駆使して父君を失脚させてもいい》
アレクサンドルの言葉に、ミーナは顔面蒼白になる。
《父の威光がなければ何もできない君が、王族をだし抜けると思わないことだ。自分が誰を敵に回したか、思い知るべきだ》

ミーナは堪らず哀願する。

《だって……！　その女、日本人よ!?　調べたら一般家庭生まれの凡人なのに、なんでこんな女があなたに選ばれるの!?　顔だって、スタイルだって、音楽家として成功している私の方があなたに相応しいわ！　そんな女、サーシャに似合わない！》

ミーナはギラギラとした目で優花を睨む。

彼女は確かに美しい。

優花だってもっと脚が長ければ、鼻が高ければと願い、金髪碧眼になってみたいと思ったことがある。

だからと言って、見た目が美しくないから、気に入らないから男性に犯させようなど、許されることではない。

《日本人だからどうした？　あなたは差別撤廃を謳ったチャリティーで演奏して、立派な演説をしていたようだが？》

《あれは……》

とりつく島もないアレクサンドルの言葉に、ミーナは言いよどむ。

《この際だからハッキリ言っておこう。私はあなたに魅力を感じたことは一度もない。あなたの浅ましさが表に出ていたからだ。伴侶を選ぶ時は、心の美しさや趣味や性格、価値観の一致を重視する。あなたは優花に及ばない》

ボロカスに言われ、ミーナは朱唇を噛む。

そしてヨハンの手をバッと払い、足音高くその場を離れようとした。

しかしアレクサンドルは許さない。

《どこへ行くつもりだ？　私の婚約者を犯させようとしたのだから、その罪を償うべきだろう。丁度ここは警察署だし、監視カメラもある。証拠はすべて揃っているから、逃げても無駄だ。それとも事前に取調室のカメラは切っておいたか？　お得意の〝もみ消し〟をしたいのなら、私は持てる力のすべてを使ってあなたを叩き潰す。それでもいいんだな？》

《私を犯罪者にしたいようだけど残念ね。ノール巡査が日本人に勝手に欲情したみたい。私には関係ないことだけど》

ツンと顎をそびやかせたミーナが不敵に笑った時――優花が口を開いた。

『私が覚えている限り、あなたが私を犯すように命令し、ジーンズを脱がせてスマホで撮影していました』

優花の口から発せられるフラクシニア語に、ミーナは顔色を変える。

《な……っ、あなた、話せるの？》

『職業は通訳ですから』

優花は誇りを持って言う。ミーナはまさか優花がフラクシニア語を話せると思っていなかったのだろう。

ヨハンは《失礼》と言って彼女のスマホを起動させる。アルバムに優花の写真があったのを見つけ、彼はアレクサンドルに《これを……》と写真を見せた。

すっかり顔色を失ったミーナを一瞥し、アレクサンドルは警察署長の肩にポンと手を置いた。

《優花のジーンズはあとで提出します。きっとボタンやファスナーにミーナの指紋がついているでしょう。このスマホも証拠品として押収してください。あとはそちらの〝誠実な対応〟を期待しています。どうかフラクシニアの国民として恥ずかしくない選択を》

アレクサンドルはにっこり笑い、優花の肩を抱いて悠々と歩いて行く。

二人が立ち去ったあと、ヨハンはミーナと警察署長に告げた。

《警察内部にも王家の〝犬〟がいます。あなた方のことを見張っていますので、下手な考えは抱きませんよう。もし殿下や優花様へのお詫び、申し開きがございましたら、いつでも宮殿にご連絡ください。ただしお二人のお耳に入れる言葉かどうかは、私が判断致します》

慇懃な態度で、ヨハンは絶対零度の微笑みを浮かべる。

彼は言葉の裏で、アレクサンドルの意向に反することをすれば容赦しないと脅している。またよほど正当な言い訳がないかぎり、警察庁長官からどんな命令があっても知らないと言っている。

ヨハンが一礼して立ち去ったあと、ミーナは壁にもたれかかって座り込んだ。

＊＊＊

宮殿に戻る車の中で、アレクサンドルは優花を抱いて離さなかった。

優花はアレクサンドルの胸板に顔をつけ、彼の香りを嗅いで、自分を落ち着かせる。

幸い車には運転席との間に仕切りがあり、ヨハンに見られる恐れはない。

「……未遂、と考えていいね？」

尋ねられ、優花は肩をピクッと跳ねさせる。

警察署でのことを思い出して、恐怖が蘇るが、側にアレクサンドルがいると言い聞かせる。

「……はい。下着姿になっただけで、あとは大丈夫です」

恐怖を堪えてアレクサンドルに抱き付くと、彼もしっかり抱き返してくれた。

「可哀想に。可愛い頬が赤くなっている」

ミーナに叩かれた頬はジンジンと熱を持っている。保冷剤をタオルに巻いて、頬に当ているが、すぐには治らないだろう。

「大丈夫です」

弱々しく微笑むと、額にキスをされた。

「私は何をすればいい？　君は今、何を望んでいる？」

アレクサンドルの切ない声がする。彼の顔を見つめると、彼こそ被害を受けたような、傷付いた顔をしていた。

「……私、謝りたいです。迷惑をかけてばかりで……っ。酷いことを言ってしまったのに、助けてくれた……っ。どうしても、謝りたくて……っ」

優花は涙混じりに言う。

アレクサンドルから離れた方がいいと思い、これ以上傷付きたくなくて契約を見直そうと思った。だがミーナに傷付けられて、まず助けを求めたのはアレクサンドルだった。

自分から彼の手を振り払っておいて、困った時はアレクサンドルに頼る。

（なんて狡くて卑怯なんだろう。こんな私、呆れられても仕方がない）

優花は俯き、手を額に当てて懊悩する。

だがアレクサンドルは励ましてくれた。

「私は迷惑なんて思っていない。君は悩んで当たり前の状況にあったし、一人になりたい気持ちも分かる。危険な目に遭えば私が迎えに行くのは、君の恋人として当たり前だろう？」

「私……っ、あなたを酷く傷付けてしまって、嫌われても仕方ないのに……っ。ごめんなさいっ」

優花は大粒の涙を零し、号泣した。

「不安だったんですっ。ミーナさんみたいに綺麗な人がいるのに、なんで私なんだろうって。理由も分からないのに、どうして私が側にいて許されるのか、分からなかったんです……っ」

「すまない。いずれ両親に会わせる時が来たら、すべて話すつもりでいたが……。何も言わないことが優花を苦しませていたんだね」

嗚咽する優花の背を、アレクサンドルは優しく撫でてくれる。

「あなたのことが好きなのに……っ。契約恋人だし、愛してはいけないと思ったんです。いつか別れるなら、最初から本気にならなければいいって……。なのにっ、サーシャはとっても素敵な人で……っ。どんどんあなたに惹かれる自分が、怖くて堪らなかった」

どうして自分は、アレクサンドルの前でいつも泣いているのだろう。

日本にいた時は、異性関係で悩むことはほとんどなかった。勝也と喧嘩してもこんなに感情を高ぶらせなかった。

裸の心を見せても、アレクサンドルはそのまま受け止めてくれる。

いつのまにか、アレクサンドルは心から信頼できる人になっていた。

フラクシニアに滞在して二週間そこそこで、優花はすっかりアレクサンドルに惚れ、信頼してしまっていた。

「泣かないでくれ。君を不安にさせた私に落ち度がある。ミーナがあんな暴挙に出ると思わず、後手に回ってしまった。私を好きなだけ罵っていい。だから……これ以上自分を責めないでくれ」

額に口付けられ、彼はゆっくり優花の拳を開く。

力一杯握られた掌には、爪の跡がくっきりついている。

アレクサンドルは優花の掌にキスをし、優しく微笑んだ。

「……キスしてもいいか？」

「…………っ」

優しい声に愛情を感じ、優花は堪らず自らアレクサンドルに口づけていた。

いつも彼がそうするように、彼の唇を啄む。そのあと思いきって舌を忍ばせると、すぐアレクサンドルも応えてくれた。

静かな車内で、舌が絡まり合う水音が響く。アレクサンドルの手をやけに熱く感じ、Tシャツ越しに彼の熱が伝わってくる。

キスはどんどん深くなっていき、優花はシートの上に仰向けにされた。アレクサンドルが覆い被さってくるが、彼なら恐怖を覚えることもない。

「……私が怖いか?」

優花の気持ちを察し、アレクサンドルが尋ねてくる。

「いいえ。サーシャを怖いと思ったことはありません」

彼の目を真っ直ぐ見つめて答えると、彼は困ったように笑った。

「参ったな。襲われたら怖いとか思ってほしいが……」

冗談ぽく言われ、優花もクスッと笑う。

「サーシャが私に無理強いするなど、ないと分かっていますから」

アレクサンドルの首に両腕をかけて微笑むと、彼も満足そうに目を細めた。

「優花……」

彼が再び顔を傾けて、キスをしようとした時——

「はい、そこまでですよ。続きはお部屋でどうぞ」

コンコンとドアがノックされ、ヨハンがドアを開けた。

「ひゃあっ!?」

いつの間にか車は宮殿に着いていたようだ。停車していたことに気付いていなかった優花は、真っ赤になって飛びのいた。

「ち……っ」

アレクサンドルが舌打ちしたように思えたが、気のせいにしておこう。

（見られた見られた見られた……!!）

優花は居住まいを正して俯く。そしてヨハンの手を借り、なんとか平静を装って車から降りた。

「お気になさらず。主のプライベートに口出ししませんとも」

にっこりと綺麗に微笑むヨハンを、アレクサンドルがじっとりと睨む。

「このまま私の部屋に向かう」

「畏まりました。ではすぐにお茶の準備を致します」

ヨハンは車から降りて車番に鍵を渡し、三人は宮殿に入った。


優花は二人に付き添われ、優花はアレクサンドルの部屋に向かう。初めて彼の私室に入るので緊張したが、彼の匂いがして安堵した。

ヨハンはすぐ熱い紅茶と焼き菓子を用意し、風呂を用意すると言って続き部屋に向かった。

「おいで」

ソファに座ったアレクサンドルは自分の隣をポンポンと叩き、優花は彼の隣に腰かける。

「お風呂の準備……ですか？」

尋ねると、彼はジャケットのボタンを外して微笑む。

消毒という言葉に独占欲を感じて、優花はほんのり頬を染めた。

「君を消毒したい」

「嫌じゃないんですか？　他の男性に犯されそうになっていたのに……」

おずおずと言う優花の肩を、アレクサンドルは優しく抱き寄せる。

「ではこう考えてみよう。もし私が女性優位の望まないセックスを強いられたとする。心に傷を負って君を求めたら……私を受け入れるだろうか？」

「もちろんです！　サーシャさえ私を求めてくれるのなら、応えたいです！」

たとえ話なのに、優花はアレクサンドルの手を握った。

「ありがとう。私は今君が思ったことと同じ思いを抱いている」

「……はい」

納得し、優花はアレクサンドルの腕に抱きつく。

「……来てくれるって、信じていました」

甘えて頬をすり寄せると、つむじのあたりにキスされた。

「あんなことになる前に、見つけられなくてすまない」

「そんなことありません」と言いかけた。優花は、なぜ自分があそこにいると分かったのか疑問に思った。

「あの……どうしてあそこが分かったのですか？　誰か秘密の見張りでもついていましたか？」

尋ねると、アレクサンドルは珍しく視線を彷徨わせ、動揺している。

「その……あー……」

「……言いづらいことでしょうか？」

きょとんと目を瞬かせると、彼は非常に気まずい表情で言った。

「……引かないでくれるか？」

「……恥ずかしいことをたくさんされたので、もう驚かないと思います」

ボソッと小さな声で言い、優花は困ったようにアレクサンドルを睨む。

「白状するが、あのペンダントには超小型のGPS発信器と盗聴器が仕込まれている」

「は……はあぁ!?」

口をパクパクとさせた優花は、焦って胸元のペンダントを見た。

宝石に仕込むのは無理だとして、台座なら可能かもしれない。

ペンダントトップは二センチはあるので、超小型の精密機器なら隠せそうだ。

「い……いつから……？」

アレクサンドルに抱かれ、気絶した間だろうか？

おそるおそる問えば、彼はもっと気まずそうな顔で、だがハッキリと答えた。

「最初からだ」

「最初？」

優花がこのペンダントを手にしたのは、おそらく六歳くらいの時だ。

「私、小学校に上がる前からこれを持っていたのですが……」

信じられないという表情で呟く優花に、アレクサンドルは無言で頷いた。

——え。

しばし、時が止まったような沈黙が続く。

「元々の持ち主が私の母だと、ミーナから聞かされたと思う」

「え、ええ」

アレクサンドルは真面目に話しだし、優花は座り直して頷く。

「このピンクダイヤは、フラクシニア王妃となる女性が持つ、〝アフロディーテの涙〟だ。だから貴人の無事を守る意味で、半永久的に作動する最新機器が取り付けられている」

「……なるほど」

「普段は王妃のプライベートを守るために、いたずらに盗聴しないという暗黙の了解がある。だがどうしても必要な場合……王妃が行方不明になったり、心配事がある場合、伴侶である国王ないし婚約者が何をしているか知る権利があるんだ」

「正当な言い分である……と思います」

優花は不承不承頷き、大粒のピンクダイヤを手に取る。

指先で弄び、輝く宝石の煌めきに、思わず溜め息を漏らす。

長いあいだ、この宝石はフラクシニア国王の寵愛を受けてきたのだ。

「では、私が幼い頃にフラクシニアを離れたあとも、私がどうしているか分かっていたんですか？」

穏やかな声で問うと、アレクサンドルは柔らかく笑った。

「十歳の私に命を与えてくれた君を、いつも想っていた」

「十歳の……サーシャ？」

何かを思い出しかけた優花は、記憶を懸命に手繰ろうとする。

「君は覚えていないだろうね。六歳の勇敢な女の子が、一人の少年の命を救ったことなど」

脳裏に一瞬、日差しを受けて輝く海が蘇った。だが記憶は曖昧だ。

「……待って。……思い……出せない……」

「いや、いいんだ。一方的に恩を感じているのは、私たちフラクシニア王家なのだから」

アレクサンドルは思い出さなくてもいいと言うが、重要なことなので気になって仕方がない。

「私は小さい頃から、サーシャに見守られていたということですか？」

「……優しい解釈で助かるよ。ストーカーとか束縛と言われたら、身も蓋もないから」

確かによく考えると、ストーカー的行為だ。

しかし相手がアレクサンドルなら、嫌だと思わないので不思議だ。惚れた弱みなのだろうか。

「今まで……聞きましたか？」

気になって尋ねてみると、アレクサンドルは非常に気まずそうな顔で頷く。

「……ほぼ毎日、GPSで君の居場所を把握していた。気になって堪らない時は、聞いてしまった時もある。……すまない」

「ん――……」

溜め息をつき、優花は許すべきか怒るべきか考えた。

確かにプライバシーの侵害だ。

だがやはりアレクサンドル相手だと、嫌だと思わないし怒る気持ちにもならない。

「何だか……。私が知らないところで色々あったんですね」

考えても、思い出せないものはどうにもならない。また溜め息をつき、温くなった紅茶を飲む。

ヨハンはバスルームの準備を終えたあと、いつの間にか部屋を出たらしい。

「それも、すべて明日教えて頂けるんですね？」

「もちろんだ。今話すことも可能だが、両親も同席していた方が、君も納得できると思ったんだ」

「そうですね。当時をよく知る人がいるなら、全員から話を聞いた方が、分かりやすいと思います。サーシャのことは信用していますが、あなたの主観もあるでしょうから」

「君は物事を公平に見ようとするね。そういうところが好きだよ」

アレクサンドルは優花の肩を抱き、頬にキスをした。

先ほどは恐怖で、自身を見失いつつあった。だが今は、穏やかに会話をして、冷静さを取り戻している。それ以上に驚くことがあったのも事実だが。

「……ミーナさんや警官は、どうなりますか？」

尋ねると、アレクサンドルは静かに息をついた。

「私は本当に怒っている。あの女を破滅させるまで満足しないだろう」

「破滅って……そんな」

焦ってアレクサンドルを見ても、彼はアイスブルーの目に冷たい光を浮かべて視線を合わせない。

「女性を合意なしに犯す行為は、相手の心に深い傷をつける。レイプされた女性が耐えきれず自殺するケースだってあるし、長いあいだ精神を病んでしまうこともある。被害者の力になりたいと思っても、寄付金を出すぐらいしかできない。とても自分を無力だと思うよ」

まるでアレクサンドルが、直接被害者を知っているような口ぶりだ。

「……身近な方がそういう目に遭われたのですか？」

そっと尋ねると、彼は傷付いた笑みを浮かべる。

「ミーナと出会ってから、私の側にいた女性は去っていった。友人になれると思った女性もいたが、一人も残らなかった」

「それは……」

嫌な予感を覚えて彼を見ると、アレクサンドルはアイスブルーの目を悲しそうに細める。

「私に近付く女性は、ことごとくミーナによって遠ざけられた。本気で私を想ってくれた女性ほど、陰湿にいじめられたそうだ。それを知ったのは随分あとになってからで、私は自分の無力さと、彼女を止められなかったふがいなさで落ち込んだ」

「そんな……。サーシャのせいではありません」

優花は彼の腕に触れてさすり、ミーナの歪んだ愛情を知る。

彼女がもっとアレクサンドルに寄り添っていたら、こんな事件を起こすことはなかっただろう。そう思うと、やりきれない気持ちになる。

アレクサンドルは、また優花の頭を撫でて額にキスをしてくる。

「だから、同じことを繰り返したくない。優花を絶対に守り抜きたい。卑怯な真似をする者は、社会の制裁を受けるべきだ。首相の娘だからとか、警察だからという隠れ蓑は通用しない」

強い声で言われ、優花はそれ以上何も言えなくなった。

ミーナが陰でしていたことを知った時、アレクサンドルは本当に酷く傷付いただろう。それでも皇太子として振る舞い続けた。

ようやく彼が優花を愛せたのなら、その幸せを自分が奪ってはいけない。

「……たくさん傷付いて、それでも皇太子らしくあろうとしたのですね」

優しく囁いてアレクサンドルを抱き締めると、彼は目を瞠った。

「これからも側にいていいなら、私の前でだけ弱さを見せてください」

アレクサンドルを抱き締め、優花は彼の額にキスをする。

「ありがとう」

アレクサンドルは泣きそうな顔で笑い、優花を抱き締めた。

そのあと二人で風呂に入り、ゆっくり語り合った。

お互いの学生時代や恋愛、家族のことや社会人になったあとのことを話し、二人が離れていた二十年の空白を埋めた。

やがて自然に求め合い、優花はベッドでアレクサンドルに組み敷かれ、熱い吐息を零す。

警察署でのことで憤って激しく求めるアレクサンドルを受け入れるいっぽうで、彼が自分のために怒ってくれることに感謝した。

「どこにも行くな」と熱く囁かれ、体の奥深くで怒張が前後する。

アレクサンドルは嫉妬しながら、優花の無事を確認するように体中を探る。優花は酷く感じ、高い声を上げて何度も達した。

体を貫く熱杭に甘い声を上げ、体中で彼の愛を感じる。

一度でもアレクサンドルの手から離れようと思った自分の、なんと愚かなことか。

涙を流して彼の愛を受け入れ、汗みずくになって交わる。

執拗に攻められた優花は、快楽の限界を迎えて気絶した。

第六章　二十年前の真実

「よくお似合いです。優花様」

ヨハンに笑顔で褒められ、優花は「ありがとうございます」とはにかんだ。

国王夫妻に謁見するため、アレクサンドルが服を贈ってくれた。

レースのIラインワンピースは膝丈で品のあるベビーピンクだ。ウエストマークに黒いリボンがついていて、甘さと大人っぽさのバランスがいい。

胸にはもちろん〝アフロディーテの涙〟があり、アレクサンドルが見繕ってくれた大ぶりなピンクダイヤのピアスも、耳元で光っている。

ベージュのエナメルのパンプスにも、踵に小さなリボンがついていた。

「何もかも用意してもらって、ありがたいやら、申し訳ないやらです」

優花はヨハンに案内されて廊下を歩く。彼は上品に笑って緩く首を横に振った。

「男性の贈り物は、素直に受け取っておいた方がスマートですよ。日本人の謙虚さは好ましいですが、嬉しい時は『嬉しい』でいいのです」

「それはそうですね。教えてくださってありがとうございます」

国王夫妻とは、昼食をとりながら話をすることになっている。

着る物に悩んでいると、アレクサンドルが着る物を贈ってくれた。何も言わずとも察してくれた彼に、優花は深く感謝した。

「サーシャは先に向かっているのですか？」

「はい。正確には昼餐室の前でお待ちです。優花様をエスコートして入室したいとのご意向ですので」

「じゃあ、待たせてはいけませんね」

「時間通りですので問題ありません」

（さすがヨハンさんだ）

今までアレクサンドルのことばかり考えていたが、不意にヨハンに興味を抱いた。質問すると、彼は微笑む。

「ヨハンさんはサーシャの側で働く前は、どうされていたんですか？」

「特筆すべきことではありませんが、私は殿下の学友でございました。学生時代から懇意にさせて頂いていて、その頃から一生を殿下に捧げると決意しておりました」

「凄い覚悟ですね」

「そうでしょうか？　むしろ私は自分を幸運な男だと思っています。将来について悩むことの多い年齢から、進む道を見つけられたのです。フラクシニアでは運命を感じた時〝星が瞬いた〟と表現しますが、私にとっての星は殿下です」

よどみなく話すヨハンの言葉を聞き、優花は彼の揺るぎない忠誠心を感じる。

「素敵ですね。お二人は信頼し合っている、とても理想的な主従だと思います」

「ありがとうございます」

「サーシャがヨハンさんにあまり強く出られないのも、きっと友人だからとか、認めている部分があるからなのでしょうね」

優花は二人の雰囲気が好きで、やりとりの軽快さに笑ってしまう時もある。きっと二人は、学生時代から信頼を築いてきたのだろう。

「まぁ、海を越えて、二十年も想い人をウォッチしている殿下には、さすがに負けますけれどね」

ヨハンが軽やかに笑った時、前方から咳払いが聞こえた。そちらを見ると、やけにいい笑みを浮かべたアレクサンドルが立っている。

「ヨハン、あまり優花の前で私を変態扱いするなよ？」

「おやおや、聞こえておりましたか？　これでも声を潜めていたのですが。まさか優花様と私が二人で歩いていたから、妬いていた訳ではありませんよね？」

白々しいヨハンの言葉に、彼はまたわざとらしい咳払いをする。

「誰がお前を喜ばせるか。さて、優花。行こうか」

ヨハンに憎まれ口を叩いてから、アレクサンドルは優花に腕を差し出した。折り曲げた肘にそっと手を掛けると、扉の前に立っている二人の衛兵が敬礼をする。

ヨハンが静かに扉を開けた先、広々とした昼餐室にはすでにテーブルセットがされてあった。

紋章入りの食器の両側にはシルバーのカトラリーがあり、卓上花瓶やキャンドル、ピカピカに磨き上げられたグラスも並んでいる。

テーブルにはすでに国王夫妻がついていた。国王はアレクサンドルが歳を重ねたイメージの美中年で、王妃は品のいい五十代の女性だ。

「その子があの小さな優花さんなのね」

王妃が立ち上がって微笑む。言葉はやはり日本語だ。

国王も立ち上がって歩み寄って来るので、恐縮しきった優花は丁寧にお辞儀をした。

「今回はお招きありがとうございます。本当に光栄で……なんと言ったらいいのか分かりません」

通訳の仕事をしていても、王族と会うなどまずない。王族関係の通訳をしている人は、一般の通訳とは別世界の人だ。

なので優花の挨拶は、何のひねりもないシンプルなものだった。

昨日の夜パソコンで挨拶の言葉を検索してメモしたが、本人たちを前にすると、緊張ですべて飛んでいった。

だから本当の意味で、「なんと言ったらいいのか分かりません」だった。

「本当に可愛いわね……。今はアップにしているけれど、髪を下ろしたらサラサラのストレートなんでしょう？　日本人形みたいに愛らしいわ」

「ありがとうございます。妃殿下の御髪もとても綺麗です。殿下はお二人の色を受け継がれたのですね」

素直に思ったことを口にすると、二人は嬉しそうに笑った。

そのあと優花は二人にハグとチークキスをされ、挨拶が終わったので全員着席する。

国王ローベルトが先に言う。

「最初に言っておく。私たちは国王と王妃だが、今はただの〝サーシャの両親〟と思ってほしい。畏まる必要はなく、なるべく気軽にランチを楽しんでもらえたら嬉しい」

彼の言葉に、王妃ビルギットも頷く。

「分かりました。緊張しますが、なるべく気軽に楽しませて頂きます」

シャンパンのあと、四人の前にフレンチ仕立ての前菜が運ばれた。

初夏を意識した涼しげなジュレ掛けのサーモンや、野菜のムースの絶妙な味付けに舌鼓を打つ優花に、アレクサンドルが話しかける。

「私の下に弟が二人いるんだが、一つ下の弟は妻と海外に行っていて、一番下の弟は留学中だ」

「フラクシニアに渡航する前、ネット記事を拝見して、ご兄弟がいると知っています」

ネットの画像で見た三兄弟は、全員金髪碧眼の美男子だった。

「本当なら家族揃って挨拶したかったが、事情があってすまない」

「いいえ」

アレクサンドルの言葉に、優花は気にしないでほしいと首を横に振る。

「優花さんはサーシャと仲良くしてくれているの？」

ビルギットに問われ、優花はどう答えるべきかとアレクサンドルを見る。

「母上、私たちの仲は実に良好ですよ」

その問いにアレクサンドルがサラリと答えた。優花はじんわりと頬が赤くなるのを感じ「母上と言うのだな」と妙な感動を覚える。

「それは良かったわ。優花さんのご両親とも、この二十年やりとりをさせて頂いているけれど、本当にいいお嬢さんに育ったわね」

「えっ？」

ビルギットの言葉に、優花は思わず目を丸くする。

「うちの両親をご存知なのですか？」

彼女は夫を見て微笑み、頷き合っていた。

ローベルトはおもむろに二十年前にフラクシニアであった出来事を話す。

「当時は周辺国の財政危機があり、フラクシニアも少なくない影響を受けた。その頃フラクシニアは石油・天然ガス産業に力を入れようとしていて、様々なことが不安定だった。サーシャは王家への不満を持つ一部の過激な者たちによって、誘拐された」

「誘拐……」

あまりにショッキングな話に、優花は瞠目する。

「警察が動き、犯人グループは捕まる寸前だった。だがその混乱の最中、サーシャは自力で逃げ出し、犯人に追いかけられた」

「あぁ……」

不意に、フラクシニアのテレビや新聞で、金髪の少年の写真と共に『アレクサンドル王子、無事保護』と書かれた記事を思い出す。

嘆息した優花をアレクサンドルはチラリと見た。

「海岸まで逃げたサーシャは当時六歳の優花さんと出会った」

ローベルトの言葉の続きを、アレクサンドルが引き継ぐ。

「息を切らせた私を見て、小さな優花もただごとではないと悟ったのだろう。黒髪の日本人の女の子がフラクシニア語で『こっちにきて』と言い、消波ブロックの隙間に私を隠してくれた。そして追いかけてきた犯人に、優花はフラクシニア語の分からない日本人を演じた。犯人が『Blondboy!（金髪の少年だ）』と言ったところで、優花は反対側を指差した」

「…………！」

それを聞き、薄らとしていた記憶が、一気に蘇った。

あの時は初夏で、海岸で両親と離れて冒険をしていた優花は、汗だくになって駆け回っていた。そこに自分より大きいのに、泣きそうな顔をした少年が現れ、「助けてあげないと」と思ったのだ。

毎日のように遊びに来ていた場所だったので、優花は十歳の少年が入れる隙間を知っていた。

彼をそこに隠すと、怖そうな顔をした大人が二人やってきた。

幼い優花は直感で「悪いおじさんだ」と察した。

だから、あの男の子の居場所を教えてはいけないと思った。

優花はフラクシニアに来て二年半が経ち、言葉をそこそこ話せていたが、男たちの前で何も知らない子供のふりをした。

苛々した様子の男たちを前に、優花は日本語で「おじさんたち、なぁに?」とわざとゆっくり喋った。

男たちは知らない言葉で話すアジア人の子を、面倒臭そうな目で見て、先ほどの金髪の少年についてまくし立てた。

「あのガキどこ行った」「殺してやる」と物騒なことを言っていたため、優花は精一杯の意地悪をしようと思った。長い時間、言葉が分からないふりをし、ようやく簡単な英語を言われた時、真逆の方向を指差した。

彼らの姿が見えなくなるまで、優花はその場に立っていた。

十分後、両親が呼びに来て、優花は「パパとママが来たから大丈夫」と判断した。金髪の男の子のところに行って、「もう大丈夫だよ」と教えると、彼は安堵した顔で這い出てきた。そして優花に礼を言ったあと、こう告げた。

『今、僕の星が瞬いたよ』

あの時は何を言われたのか分からなかったが、今思えば「あなたに運命を感じました」とフラクシニア風に告白されたのだ。

「優花のご両親は、すぐに警察を呼んでくれた。恐らく新聞か何かで私の写真を見ていたのだろう。私は無事保護され、優花のご両親に『お礼をしたい』と連絡先を聞いた」

二十年前のことを思い出し、ビルギットは涙ぐみ、言った。

「事件が落ち着いたあと、私たちはお礼のために澄川さん一家を招待したわ。可愛らしいチュールのドレスを着た優花さんが宮殿の中を見ていて、とても可愛かったのを覚えているわ」

「あ……」

今回フラクシニアの宮殿に呼ばれて、どことなく既視感を覚えたのは、やはり間違いではなかった。

(私は幼い頃、この宮殿を訪れていたんだ)

そして疑問を抱く。

「どうして両親は教えてくれなかったのでしょう。陛下たちと親交があると、私は教えてもらいませんでした。定期的にフラクシニアから季節のカードや贈り物が届いていたのは知っています。ですが両親は世界中に友人がいるので、その中の一人だと思っていたのです」

「そのピンクダイヤが理由だ」

アレクサンドルが言い、優花は彼を見る。

彼は幸せそうに両親を見てから、優花に微笑みかけた。

「フラクシニアの宝石には、一般的な石言葉の他に言い伝えがあると教えたね?」

「はい。『女性がフラクシニアの宝石を贈られると、贈った男性と結婚する』と」

アレクサンドルが言った言葉を覚えていた優花に、彼は目を細める。

アレクサンドルは「完璧だ」と呟いてから、続きを口にする。

「私は危機を救ってくれた女の子を、すっかり好きになっていた。もともとアジアに興味を持っていて、私の祖父母も両親も親日家だ。だからどうしても、命の恩人と親密になって、あわよくば恋人になりたい、結婚したいと思った」

「え……えっ？」

　まさか小さい頃からそう想われていたと知らず、優花は面食らう。

「母上に話をしたら、『フラクシニアの言い伝えを信じて、願いが叶ったら私と陛下もあなたの恋を応援します』と〝アフロディーテの涙〟を託された」

「それは……」

　フラクシニアでのピンクダイヤの意味を思い出し、優花はじわっと頬を染める。

「優花にピンクダイヤを渡して、君が私の花嫁となるためにこの国を訪れたら、何がなんでも口説いて自分のものにしようと決めていた。父上も〝王者の血〟を私に託し、この恋が成功するよう祈ってくれた」

　左手の親指にあるレッドダイヤを見て、アレクサンドルは感慨深そうに頷く。

「……妃殿下の大事な宝物を、日本人の私にくださったのですか？」

　信じられない気持ちでビルギットを見ると、彼女は笑みを湛えて目を細める。

「息子が見初めた女性を信じようと思ったわ。〝アフロディーテの涙〟に隠された、〝知りたがりの秘密〟を伝えなかったのは申し訳なく思ったけれど。でも〝知りたがりの秘密〟を使わなくても、澄川さんは優花さんのことを教えてくださったわ。あなたが初恋をしたようだとか、逐一知らせてくれて、私たちは遠くから優花さんの成長を見守って

「それでサーシャは、婚期が遅れてしまった訳だが」

茶化すようにローベルトが言い、全員で笑う。優花は自分のせいだと思うと、苦笑いしかできなかったが……。

そして溜め息をついた。

「私の両親も一枚噛んでいたのですね。確かに子供が本物の宝石をもらうなんて、おかしいと思いました。でも両親に『大切な人が優花に持っていてほしいと言っている』と言われていたので、疑わなかったのだと思います」

日本にいる父は日本を代表する自動車会社の管理職に就き、母も海外転勤を経た肝の据わった女性だ。娘一人言いくるめるぐらい、どうということはなかったのだろう。

「それはそうと、優花さんはサーシャがあなたの行動を把握していたことを、どう思った？」

ローベルトに言われ、優花はチラリとアレクサンドルを見る。

彼は気まずそうな顔をしているが、彼に嫌悪を抱いたことはない。

「確かに常軌を逸した行為かもしれませんが、相手がサーシャなら嫌だと思いません。ちゃんと理由と愛情があって、私が彼を好ましく思っているなら、問題もないと思います」

どんなストーカー行為でも束縛でも、気持ちが通じ合って負担を感じなければ、ちゃんとした愛情だと言える。

「良かったわ。自分の息子ながら、少し心配だったのよ……」

ビルギッドが胸を撫で下ろし、笑う。

「母上、だから私は道を踏み外していないと……うっ」

そこまで言いかけて、アレクサンドルは控えていたヨハンの視線に気付いて、言葉を詰まらせる。

にこやかなヨハンは、「盗聴やGPSでストーキングしておきながら、ご自分がまともだと仰りたいのですか？」と言っている。

彼の表情の意味を優花も理解し、「あはは……」と苦笑いする。

ビルギットがつけ加えた。

「フラクシニアは親日国です。他国には、一般家庭からプリンセスになられた方や、他国出身のプリンセスもいらっしゃいます。優花さんも日本人だからといって、サーシャへの想いを遠慮しなくていいのよ」

「ありがとうございます」

察してはいたが、どうやら彼らもアレクサンドルと優花が結ばれることを望んでいるようだ。

優花は心の奥に覚悟を固めていく。

ローベルトも言う。

「私も妻と同じ気持ちだ。フラクシニアの国民も、サーシャが選んだ女性なら受け入れるだろう。それも二十年前の事件の英雄ならなおさらだ」

ローベルトはそこまで言うと、顔を曇らせた。

「サーシャや近衛から聞いたが、ミーナについて謝罪する。サルミヤーエ首相とは懇意にしているが、今回の事件で彼の立場は危うくなるだろう。私も心の底から怒りを感じている」

「いえ、サーシャが助けてくれましたから」

気にしないでほしいと言ったが、国王と王妃はそろって頭を下げた。

「いずれ皇太子妃になってほしいと思っている女性に、我が国民が申し訳ないことをした。どうか許してほしい。フラクシニアという国を嫌いにならないでほしい」

頭を下げられ、優花は焦って胸の前でブンブンと手を振った。

「どうか頭を上げてください！　実害はありませんでしたし、大事に至る前にサーシャが救ってくれました」

必死になって言うと、ようやく二人は頭を上げた。

ビルギッドは慈愛のこもった笑みを浮かべ、立ち上がって優花のもとへ来た。

「私は二十年の間、澄川さんから写真を送って頂いて、あなたを娘のように感じていました。今後もしあなたがフラクシニアに来てくれるのなら、私と陛下、この宮殿の者全員、フラクシニアの意思があなたを守ります」

そう言って手を握ってきたビルギットの手は、温かい。

改めてアレクサンドルが言った。

「それでだが、我々フラクシニア王家が、澄川家および優花に好意的だと理解してもらえたと思う」

「はい」

そう言われ、優花は頷く。

「その上で、もう一度君に聞きたい。私と結婚してくれないか？」

決定的な言葉に、優花は緊張した。

「今度は契約などではない。ずっと昔君に命を助けられ、一目惚れした男のプロポーズだ」

「え……と」

彼の両親も同席している状況で、どう話せばいいのか。

言葉を選んでいると、ビルギットが助け船を出してくれた。

「私たちの前だと、萎縮（いしゅく）してしまうわ。私たちは退席しましょう」

彼女は立ち上がり、「そうだな」とローベルトも席を立つ。

「今回はご多忙の中、ありがとうございました！」

立ち上がって頭を下げると、ビルギットがポンと肩を叩いた。

「あなたの思うままに、返事をして。私たちは優花さんの意思を尊重します」

そう言って、二人は昼餐室から出て行った。

いつの間にかヨハンもいなくなり、アレクサンドルと優花の二人だけになる。

しばらく沈黙があったが、先に口を開いたのは優花だった。

「私の両親は、将来私がフラクシニアを訪れて、どう決断をするのか、自由を尊重してくれているのだと思います。私の気持ちは決まっていますが、両親と兄の意見を聞いてもいいですか？」

「もちろんだ」

優花の提案に、アレクサンドルはしっかり頷く。

優花の兄はアメリカの大企業で働いている。大好きな兄だが、最近はテレビ通話でしか話していなかった。きっと兄も話を聞かされているだろうが、改めてきちんと話す必要がある。

「その上でお返事したいです」

「分かった」

アレクサンドルは微笑み、優花の意見を尊重してくれた。

＊＊＊

それから優花は時差を確認して日本の両親とテレビ通話をした。

両親は画面に映る優花とアレクサンドルを見て、すべてを察したようだ。そのあと、結婚の許可を求められ、笑顔で承諾した。

兄がいるニューヨークは早朝なので、母が伝えてくれるようだ。母いわく、「あの子なら優花と殿下の結婚を喜んでくれると思うわ。全員祝福しているから、安心しなさい」とのことだ。

アレクサンドルが「いずれ日本を訪れ、正式に挨拶(あいさつ)をします」と言って、両親とのテレビ通話は終わった。

「サーシャに出てもらうと、あっという間に片付きますね」

ソファに座って紅茶を飲むと、向かいで彼が微笑む。

「これでも、用意周到さはヨハンのお墨付きだからね。……まぁ、奴なら『ずる賢い』と言いそうだが」

着替えた彼は、シャツに黒いパンツ姿だ。

優花はらくちんなスウェットワンピースを着ている。

「サーシャ、日本の夏は蒸し暑いですからね。覚悟してもらわないと」

優花が冗談めかして脅すと、彼は目を輝かせる。

「花火大会があるなら、浴衣を着てみたいな。それに汗ばんだ肌で抱き合うのもオツなものだろう？　畳の上でメイクラブとか、情緒があっていいな。日本にはラブホテルというものがあるんだっけ？」

必要以上に日本文化に詳しすぎるアレクサンドルに、優花は閉口した。

「なんでそんなに詳しいんですか」

「そりゃあ、時間のある時は日本に関するサイトを見ているよ？」

「もぉお！　皇太子殿下なのに知識がマニアック！」

「おや、そんな私は嫌いかな？」

余裕たっぷりに言われ、何も言い返せない。

「……好き。……ですけど……」

モゴモゴして告白すると、アレクサンドルは人の悪い笑みを浮かべて優花の隣に座る。

「じゃあ、キスをしようか」

アイスブルーの目に見つめられ、何かを言う前にキスをされた。

「……ん」

　彼の唇を感じ、口腔に入り込んだ舌に応える。舌先をヌルヌルと擦り合わせ、開いた口唇から吐息を漏らす。

「あ……サーシャ……」

　キスにトロンとした優花の声は、すでに甘く掠れていた。

　アレクサンドルは優花の胸を包むが、ブラジャーの感触が気に入らなかったらしく、すぐに服越しにホックが外された。

「……あの」

　アレクサンドルを見つめると、彼はキョトンと目を瞬かせる。

「なんか……。手慣れている感が強いです。本当に今まで特定のお相手っていなかったんですか？」

　これから正式に彼と付き合えると思うと、急に彼の女性関係を妄想して嫉妬してしまう。

「私の言葉を信じていなかったのか？　言ったじゃないか。右手が恋人だったと」

　アレクサンドルはそう言って、軽く右手を握ると上下させる。

「もぉ！　皇太子殿下がそんな卑猥な手つきをしたらダメです！」

　バッと彼の右手に飛びつくと、アレクサンドルが肩を揺らして笑う。

「服を脱がせるのが手慣れている？　それとも、キスやセックスが上手い？」

ストレートに言われると、逆に照れてしまう。

「ぜ……全部ですっ」

恥ずかしさのあまりむくれた優花を、アレクサンドルはギュッと抱き締めた。そして、「可愛い」と笑う。

「だって、『ほぼ縁がなかった』ってなんか怪しいじゃないですか」

言えば言うほど、だんだん自分が惨めになってくる。

大人の余裕で愛したいのに、彼の昔を詮索し始めるとムカムカしてしまう。

するとアレクサンドルは優花を抱き締めたまま、溜め息をついた。

呆れられたと思った優花は、情けなくなって謝罪する。

「……ごめんなさい。もう、こんなこと言いませんから……」

小さな声で謝って滲んだ涙を拭おうとした時、耳元でアレクサンドルがボソッと呟いた。

「日本では童貞のことをDTって言うんだっけ？」

「え？」

突然の単語に、優花は思わず顔を上げる。すると恥ずかしそうな、とても微妙な顔をしたアレクサンドルがいる。

「笑わないでくれるか？　優花を抱くまで私は童貞だった。三十年、右手が恋人の筋金入りの童貞だったんだ」

「…………」

思ってもみないことを言われ、優花は口をポカンと開けたまま固まってしまった。

「三十路になってまで童貞なんてそういないと思うが、皇太子という立場上、女性と派手に遊ぶ訳にもいかない。それ以前に、私は優花と結ばれると思っていたから、他の女性と関係を持つ気にならなかった」

「え……と。『ほぼ縁がなかった』というのは……」

「他国のプリンセスや女優、モデルと、友人関係にはなった。勘違いされてパパラッチに報道されたトラブルもあったが、私はずっと優花一筋だった。仲良くしていた彼女たちも、私にはずっと恋をしている女性がいると知っている」

長らくモヤモヤしていたことが解消され、優花の体から力が抜けていく。

「……それで、あんなに上手なんですか？」

「ん？」

今までの記憶が蘇り、優花は頬を染める。

「色んな体位を知ってるのも、こ、言葉責めも……っ。全部〝素〟なんですか？」

「そりゃあ、好きな女性を前にしたら意地悪したくなるだろう。可愛い姿を見たいし、自分の手であんあん言わせたいし。これでも予習復習はきっちりするタイプなんだ」

「もおおお……」

安堵した優花は、ギュウッとアレクサンドルに抱きついた。

「安心しました。……ダメですね。嫉妬や束縛ばかり……」

「いいんじゃないか？　私が君にしてきたことを思えば、実に可愛らしいものだ」

「確かに」

悪びれもせず盗聴のことを言うので、優花は思わず破顔した。

そのあと二人は、昼日中にもかかわらず、服を脱ぎ捨ててバスルームに消えた。

「……っあ、……あぁっ、ン……」

蜜壷をクチョクチョと舌で暴かれた優花は、蕩けた顔で天井を見て喘いでいた。

もう二人のあいだに何の障害もなく、安心して彼の愛撫を受け入れられる。

「ゆう……か。ん、おいし……」

感じ切ってふっくらとした花弁を舌で弄んだアレクサンドルは、下から上へれろんと舐める。

「んぁんっ」

腰が跳ねそうになるのを両手で押さえられ、敏感な肉真珠を唇で包まれる。と思うと舌先でチロチロと素早く舐められた。

「――ひっ、それ……っ、ダメぇっ、達っちゃうから……っ、やっ、ダメ……っ」

アレクサンドルの頭をグイグイと押し返すが、鍛えられた彼の体はがっしりしていて敵わない。

チュッチュッと何度も音を立てて陰唇にキスをされ、休む間もなくまた肉真珠を攻められる。更に蜜まみれになった指を二本差し込まれ、温かな膣壁を押された。

空いた手は優花の乳房を包み、優しく揉んでは先端を指で弾く。

「あぁん……っ、あ……あぁ、……あー、ン、あぁ……」

そろえられた指が優花の膣壁を押し、感じる場所を擦り立てて中でバラバラと動く。

「んぁっ、あ……っ、待って……っ、感じてるから……っ」

「ん……たっぷり、感じてくれ」

優花の肉真珠にキスをしたアレクサンドルは、凄絶なほど妖艶な笑みを浮かべて舌なめずりをする。

皇太子だというのにその口元は蜜にまみれている。彼は秘部にしゃぶりつき、極上の甘露だと言わんばかりに音を立てて吸い付いた。

あまりに不敬で、それなのに「いけないことをしている」という背徳感が優花をゾワゾワさせる。それがいっそう官能を深め、悦楽を大きくしていく。

ジュクジュクと音を立てて優花の蜜洞が探られ、一度目の高みに上り詰めた。

「あぁーっ、あ……っぁ、あ、ダメぇ……だめ……ぁ、――ア」

優花は太腿でアレクサンドルの顔を思いきり挟み、白い喉を晒して絶頂を味わう。

「……ん……あぁ……」

くたりと脱力したあと、優花は心地いい疲労に身を任せ目を瞑った。

アレクサンドルはキスマークを執拗につける癖があるのか、短期間で優花は人前で脱げない体にされていた。デコルテの開いた服を着る予定がある時は配慮してくれるが、それ以外の場所は、絶え間なく所有印がついている。

優花がぐったりしているあいだ、アレクサンドルは手早く避妊具をつけた。

「入れるよ」

優しく声を掛けられて薄らと目を開けると、目の前に金髪を乱した皇太子がいる。唇を赤い舌で舐めるさまは、優花という獲物を食べる肉食獣のようだ。

「サーシャ……。好き……」

素直な気持ちを伝えた時、どうしてか眦から涙がポロッと零れ落ちた。

「私もだよ。可愛い優花」

クプリと亀頭が蜜口に押し当てられ、熱塊が侵入してくる。

「あ……っ、あぁ、ア、んーっ」

何度も抱かれても彼のモノは大きい。蜜口はこれ以上ないほど口を開け、肉棒を頬張って咀嚼しながら、アレクサンドルを受け入れた。

「あぁ、気持ちいい……」

アレクサンドルが眉間に皺を寄せて唸る。その言葉がやけに嬉しく、誇らしかった。世界中の誰もが憧れる美しい皇太子が、自分に溺れている。何という贅沢だろう。

「優花、動くよ」

「は……ぃ」

返事をしたあと、アレクサンドルが優花の腰を抱え、ゆっくり律動を始めた。グッチュグッチュと最奥まで抉り、雁首で膣壁を擦り、最奥を亀頭でトントンと叩く。

「ん、んぅっ、うーっ、あぁあっ、……ぁっ、き……もち、ぃっ」

優花は汗をびっしり浮かべ、腰を揺らす。

「優花……。君は美しい。可愛らしい。私のすべてだ」

ずん、ずん、と優花を穿ち、アレクサンドルは優花の乳房を揉む。そのあとウエストから臀部を、スルリと撫で下ろした。

「あうぅっ！」

穿たれながら体を愛撫され、優花はより深い淫悦を得る。ゴクッと唾液を嚥下した優花は、いつの間にか扇情的に腰をくねらせていた。

「ここも悦んで、すっかり膨れているな」

愉悦の籠もった声がし、優花の肉芽が指先でコロコロと弄ばれる。

「っきゃああっ！　そこっ、だめぇえっ！」

瞬間、優花はギュウッと締め付け、アレクサンドルが呻く。

彼が射精感を堪えているあいだ、優花はピクンピクンと震えて絶頂の余韻にいた。

「キスがしたい」

アレクサンドルは、ぐったりした優花を抱き起こしてベッドの縁に座り直す。優花は彼の腰に脚を絡め、どちらからともなく深いキスを始めた。

「んン……んぅ」

窓から差し込む木漏れ日が、チラチラと二人の体に陰影を作る。

二人はちゅ、ちゅと何度もリップ音を立て、見つめ合い、また唇を重ねる。

優花は腰でねっとりと円を描き、時にきゅうっと彼の屹立を締め付ける。

「優花、もっと激しく動いてみて」

唇を離したアレクサンドルに乞われ、優花は頬を染める。だが彼と身も心も結ばれた今なら、快楽に身を任せてもいいと思った。

「あまり見ないでくださいね」

優花はアレクサンドルの膝を立て、ゆっくり腰を上下させ始めた。M字に大きく脚を開いた姿は、いつもなら恥ずかしくてできないだろう。

しかし今は幸福感が優花を大胆にさせていた。下腹部からクチュンクチュンと水音が聞こえ、膨れた肉真珠がアレクサンドルの下腹に擦れる。アレクサンドルはゆっさゆっさと揺れる胸をうっとりと見ていたが、やがて口を開けて先端にしゃぶりついた。

「あ……っ、あンっ、吸っちゃ……やっ」

自ら腰を振って快楽を貪っている優花は、蕩けた顔で懇願するしかできない。しかしアレクサンドルは両手で優花の胸を集め、乳首を両方同時に吸ってきた。

「やぁあっ、そんな……っ、そん、なの、や、やぁあっ」

チュバッと一際大きい音が聞こえたあと、アレクサンドルは優花の尻たぶを掴んで、猛然と突き上げてきた。

「ンっ、ぅうっ、あっ、ダメっ、そんな……っ、突いたら……っ」

「『そんなに突いたら』？　どうなるんだ？」

アレクサンドルはドチュドチュと怒張を叩き込み、意地悪に笑う。

その表情を見て、優花は心の奥底にとろりとした愉悦を覚えた。

いつもは紳士然とした彼が、自分の前では雄になる。それが得も言われぬ心の快楽を与えていた。

「お……っ、かしく、なっちゃう……ぅっあぁっ」

自分で動く余裕がなくなった優花は、ガクガクと揺さぶられる。その時アレクサンドルの指先が後孔に触れ、優花はひゅっと息を吸って体を緊張させた。

「あ――っ、ぁっ」

そこを触られた緊張感と羞恥で、優花はあっという間に達してしまった。同時にアレクサンドルは低く唸り、優花をきつく抱き締めて温かな膣内で避妊具に吐精した。

（あ……。サーシャ……出してる……）

体内で屹立が震えているのを感じ、あまりに愛しくて優花は微笑む。

最後にアレクサンドルがキスを求め、ちゅ、ちゅと唇を吸い合った。

そのあと彼は優花を抱いたまま後ろ向きに寝る。ようやく長い行為が終わったかと安堵した時――

「……もう一回」

アレクサンドルは蜜壷から屹立を引き抜いたかと思うと、いまだ衰えぬそれから避妊具を外して手早く処理をした。

開き直ったのか、ベッドの枕もとには避妊具の箱が置いてある。彼はその中から新しい避妊具を一つ出すと、あっという間につける。

「うそ……。ちょ……待って……。少し休ませて」

優花は顔を引き攣らせて苦笑いするが、彼は至極真面目だ。

「愛しているよ、優花。今日は夕食まで愛し合おう」

そう言った彼は脱力した優花の体をうつ伏せにし、今度は背後から挿入する。

「あっ……、あぁあっ」

柔らかくなった蜜口はズチュリと男根を受け入れ、優花の唇から歓喜の声が漏れる。

「ほら、優花だってこんなに悦(よろこ)んでいるだろう？」

舌なめずりをした絶倫皇太子は、優花の白い尻をむっちりと揉む。それから彼女に覆い被さり、ガツガツと穿(うが)ち始めた。

「あーっ！　あぁあっ、うぅ、うぅーっ、や、あぁあっ、達(い)った……っ、ばっかり、なのっ、に」

「だからだろう？　私は優花がたっぷり感じている姿を見たい」

背中の真ん中をツゥッと指で辿(たど)られただけで、膣がキュウウッと締まった。

くすぐったさに、優花はお尻を振って身じろぎする。

「っく――、優花、こんなに締め付けて悪い子だ。私を早く達(い)かせようというのか？」

お尻を撫でられ、ゾクゾクッと震えが走った。優花はまたアレクサンドルを締め付けて、口から涎(よだれ)を垂らしてシーツに染みを作る。

「そん……っ、な、ぁっ、ちがっ――あぁアあぁっ」

ズンッと深いところまで穿(うが)たれ、ねりねりと子宮口をいじめられて悲鳴を上げる。

蜜壷が収斂(しゅうれん)し、ビクビクッと体が跳ねる。

あまりに強すぎる淫悦に脳髄が蕩け、自分が今どこにいて何をしているのかすら曖昧になる。

「おいで」

グイッと抱き起こされたかと思うと、優花は彼の胸板に背中を預け、胡座をかいた上に座っていた。

「あぁ、可愛いな。いい匂いがする」

ちゅ、ちゅと首筋にキスをされ、汗を舐められる。

「んふ……っ、ぅ――あ」

その舌使いだけで優花は歓喜に打ち震え、蜜壷に頬張った一物をキュウキュウと締め付けた。

「可愛いよ、優花。私だけのプリンセス」

アレクサンドルは両手で優花の乳房を揉み、重量を確かめるように下から掬い上げては、手の中で弾ませる。

指先でぷっくりと膨らんだ乳首を摘まみ、平らになった先端をカリカリと爪で引っかかれると、耐えがたい淫悦が襲ってきた。

「んあぁうっ、んーっ、あぁ、やぁ……っ、だ、ダメ……っ、ん、あぁっ」

絶頂を味わったあともジワジワと攻められ、優花は腰を揺らしてもう許してほしいと乞う。

「本当に駄目なのか？　ここはヒクついて私を欲しがっているが」

不意に、アレクサンドルの指が優花の膨らんだ肉真珠に触れてきた。

「っああぁあっ！」

優花は全身をひくつかせ、弱点からの刺激に悶える。

結合部からは愛蜜がしとどに溢れ、シーツはびっしょり濡れているだろう。

「ほら、『その通りです』って私を締め付けてきた。本当はこうしてほしいんだろう？」

やにわにアレクサンドルは、下からズンッと突き上げてきた。

「っひぁあっ」

柔らかくなった子宮口が押し上げられ、ブジュッと結合部から泡立った蜜が流れた。

立て続けに突き上げられ、優花は頭の中を真っ白にさせた。

「ココを弄るともっと好くなるんだろう？」

片手で自身を支えたアレクサンドルは、もう片方の手で優花の肉芽をコリュコリュと弄り回す。

「うんっ、あ！　あぁっ……あーっ！　やっ、ダメ……っ、ダメっ、それダメっ」

優花は髪を振り乱して喘ぎ、何とかこの責め苦から逃げようと腰を振る。だがより深い官能を煽るだけで、何の解決にもならない。

「どうして駄目なんだ？　こんなに可愛いのに……っ」

また体位が変わり、優花はベッドの端に座ったアレクサンドルの膝の上で貫かれる。少しでも暴れたら落ちてしまいそうで、またキュッと膣に力が入った。

「こうしたらよく見えるだろう？」

アレクサンドルが膝の裏を抱え上げ、ヌップヌップと優花を抉る。

「え……っ、あ、や、やだぁっ！」

一瞬彼の言うことを理解できなかったが、前方に姿見があるのに気付くと両手で顔を押さえた。

鏡には背後からアレクサンドルに貫かれている自分が映って、とても淫らだ。赤く腫れた秘唇にアレクサンドルの太い屹立が入り込み、ニュルニュルと上下している。あまりに淫猥で、なのに目が離せなくて——。優花の羞恥と快楽が一気に引き上げられる。

「ほら、自分の姿を見て絶頂してごらん」

耳元で意地悪な声がし、彼の舌がぐちゅりと耳孔に入り込んできた。

「ひぁ……っ、あっ！　あぁあぁっ、やぁあぁっ、いっ達くっ、からっ——ゆるしてぇっ！　も、ダメなの、ほんっと、に、おねっ、が——」

彼の屹立が優花を犯し、グッチュグッチュと憚らない音を立てて愛蜜を飛び散らせる。

そのたびに優花の秘唇は可哀想なほど形を変え、彼を懸命に頬張っていた。二人の性器は愛蜜でテラテラと光り、昼日中だというのにとても淫らだ。

最奥を突かれるたび、優花の目の前で星が散る。アレクサンドルの舌がぐちゅぬちゅと耳の中で蠢(うごめ)き、直接脳髄を舐められているような錯覚に陥(おちい)った。

これ以上ないほどいきんだ時、またアレクサンドルの指がぽってりと膨らんだ肉真珠に触れてきた。

こまやかに揺さぶられただけで、あっけなく崩壊の時が訪れる。

「っダメええぇええっ!!」

啼(な)き声を上げた瞬間、耐えきれずこみ上げた愛潮がビュッと小さな孔から飛んだ。放物線を描いたそれは、離れた場所にある姿見に透明な飛沫(しぶき)を作る。

「いやっ、いやぁあっ!!」

アレクサンドルはずんずんと優花を穿(うが)ち、爛熟(らんじゅく)した女の弱点を刺激し続けた。

優花は何度も蜜潮を飛ばし、恥辱にまみれた悲鳴を上げる。そして絞り上げるようにアレクサンドルの肉棒を締め付けた時、ようやく彼が胴震いした。

「……っあ、あぁ……っ」

優花の体内で彼の質量がぐぅっと増し、お腹が弾(はじ)けてしまうのではと思った直後、ドクドクッと薄い膜の中に欲望が解き放たれた。

「────あ、……あぁ……あ……」

優花は、ぐったりとアレクサンドルの胸板にもたれかかり、蜜口からちゅぽんと大きな陰茎が飛び出る様（さま）を見た。

避妊具に覆われたそれは、先端に信じられない量の精液を溜めている。

更に信じられないことに、アレクサンドルの男根はいまだ衰（おとろ）えをみせず漲（みなぎ）ったままだった。

（もうだめ……）

仰向けにされた優花は、今度こそ行為が終わったのだと思った。

だがアレクサンドルは蜜でぐっしょりと濡れそぼった秘唇を見て舌なめずりをし、優花の脚を広げて顔を埋（うず）めてきた。

「や……だめ……。やすませ……ぁ、あぁ……」

ねろり、と温かな舌に舐められ、あえかな声が漏れる。

「優花、私はもっと君を愛したい」

下から上に優花の秘唇を撫でたアレクサンドルが、指を見せつけてくる。彼の指には、卵の白身のようにドロッとした愛蜜がたっぷりと纏（まと）わり付き、太い糸を引いていた。

「やぁ……見せ、ない……で」

アレクサンドルは愛（いと）しげに愛蜜を見て、優花に目を合わせたままその指をしゃぶった。

ピチャピチャと音を立て、美しい人が優花の恥辱の蜜を舐めている。

常軌を逸した光景に、優花は抵抗するのも忘れて思わず見入ってしまった。

アレクサンドルは最後にスナック菓子の粉でも舐めるように自身の指をしゃぶったあと、その指を優花の蜜口に挿入してきた。

「あん……っ、ぅ……あ、あぁっ」

すぐにクプックプッと蜜を掻き出す音が聞こえ、駄目だと思うのに意識まで攪拌（かくはん）されていく。

「すっかり柔らかく蕩（とろ）けているな。そろそろ私の〝全部〟も受け入れられるんじゃないか？」

「ぁ……」

全部と言われ、優花は自分がアレクサンドルの屹立（きつりつ）をすべて受け入れられていなかったと思い出す。

「私を受け入れてくれないか？」

アレクサンドルはクチュクチュと蜜壷を暴（あば）きながら、優しく尋ねてくる。

日差しを浴びた彼は、汗で肌を輝かせ、得も言われず美しい。

こんな美しい人に求められているのは、奇跡に等しい。

「ゆっくり……なら」

小さく頷いた彼女に、アレクサンドルは嬉しそうに微笑む。そして覆い被さってキスをしてきた。

「ありがとう、優花」

ちゅ……と唇を触れ合わせたあと、彼は避妊具を取り替え、漲ったモノで優花の秘唇を擦った。チュクチュクと濡れた音がし、彼の雁首が勃ち上がった肉芽を擦るのが堪らなく気持ちいい。優花も腰を揺らし、彼が満足してくれることを望んでいた。

「優花、愛してる」

やがて心の底からアレクサンドルが愛を囁き、大きな亀頭が蜜口を広げて押し入ってくる。

「ん……っ、う、……うぅ」

圧迫感に優花は声を漏らしたが、彼を気持ち良くさせてあげたいと思って懸命に体の力を抜いた。

「奥まで入れるよ」

「はい……。きて……っ」

汗で顔に貼り付いた髪を手でどけ、優花は薄らと微笑む。

「我慢してくれ」

そう言ってアレクサンドルは優花の腰を掴み、どちゅっと突き上げた。

「っあう……っ」

最奥にアレクサンドルの亀頭が届き、優花は唇から掠れた呻きを漏らす。久しぶりに感じる微かな疼痛に、優花は眉を寄せる。

「……入った……」

内臓を押し上げられるほどの圧迫感に呼吸を荒らげていると、アレクサンドルが満足げに呟いて微笑んだ。

「キスを……」

アレクサンドルは甘く囁き、ねっとりと濃厚なキスをしてきた。舌をすり合わせ、ちゅぷちゅぷと濡れた音が室内に響く。

あまりの愛しさに優花は涙を流し、彼の背中に手を回して懸命に舌を動かした。

人助けをしただけなのに、彼はいつまでも一途に想ってくれていた。彼の両親も快く受け入れ、優花がフラクシニアを訪れる運命を宝石に託した。

生活を覗かれていたのは恥ずかしいけれど、これから一緒に過ごすので同じようなものだ。

アレクサンドルの舌先にちゅ……とキスをし、優花はとろりと微笑んだ。

「あなたを心から愛しています。私、立派な皇太子妃になりますね」

アレクサンドルは優花の頭を撫で、額、頬、鼻筋にキスの雨を降らせる。

「私もずっと昔から愛しているよ。君が私の運命で、私が君の運命だ。二人の頭上には女神の星が瞬き、国の未来と共に私たちを見守ってくれている」

アレクサンドルが教えてくれた、フラクシニアの神話がある。

フラクシニアには人間の男に恋をした女神がいて、彼女は男が恋しいあまり泣き暮らしていた。不憫に思った神々や人々が協力し合い、二人は結ばれた。女神が流した喜びの雫は、フラクシニアの地に染み込んで宝石となったそうだ。そして強い運命に惹かれ合った恋人たちにだけ、女神の星――北極星が瞬くのが分かるのだと言う。

女神の涙であるフラクシニアの宝石は、〝恋を叶える魔法の石〟とされている。

優花の胸元に光るピンクダイヤも、アレクサンドルの左親指に輝くレッドダイヤも、いずれも二人を引き合わせた女神の涙なのだ。

「ん……っ」

アレクサンドルがゆっくり腰を引き、ずちゅ……と濡れた音がする。やがて長大な屹立が優花の蜜壷から姿を現し、雁首まで引き抜かれたあと、またゆっくり蜜壷に埋まっていく。

最後には優花の子宮口をぐぅっと押し上げ、根元まで完全に収まった。

「あぁ……。気持ちいい……優花……」

何度も何度もその動きを繰り返され、優花は乱れる呼吸を整えながらも彼のすべてを受け入れる感覚に慣れていく。やがてズッチュズッチュと音が速くなっていくと同時に、優花のたわわな胸の谷間で、ピンクダイヤも跳ねた。

「あぁ……っ、あぁあっ、サーシャっ、サーシャぁっ！」

あまりの切なさに彼の名前を呼べば、すぐに彼が優花の頭を撫でて「大丈夫だ」と教えてくれる。

「優花……っ、愛してる……っ、あいしてる……っ」

最奥まで貫かれるたび、名状しがたい喜悦が体を駆け抜け、優花は嬌声を上げる。

汗が飛び散り、愛液を吸ったシーツはしっとりと濡れていた。

その上で二匹の獣は激しく交わり、快楽の咆吼を上げる。

アレクサンドルは二十年もの想いを解放し、優花も自分の運命を見つけて法悦に浸っていた。

バチュバチュと凄まじい水音が響き、大きなベッドが激しく軋んだあと——二人は同じタイミングで高みへ昇り詰めた。

「あ……、ン……ん」

深い絶頂を味わった優花は、繋がったままアレクサンドルにねっとりとしたキスを与えられる。キスだけでも官能が引き出され、知らないうちに蜜壺がうねってしまう。はしたなく濡らしてアレクサンドルを締め付けると、彼がペロリと舌なめずりをした。

「まだまだできそうだな？」

「えぇっ⁉　そ、そんな……無理……っ、ァア！」

しかし濡れそぼった肉芽を撫でられて、甘い声が漏れる。

その声に満足したアレクサンドルは、また避妊具を取り替えて優花に覆い被さってきた。

＊＊＊

アレクサンドルはフラフラになった優花を支えて夕食を終え、自室で書類に目を通していた。

優花の両親に挨拶をするために仕事を前倒しにするつもりだが、仕事は際限なく増えるものだ。とはいえ、面倒なことは先に済ませた方が楽なので、無理なく自分のペースで仕事をこなす。

『今夜は優花様と愛し合われないのですか？』

ヨハンがカフェインレスティーをデスクに置く。

『昼間さんざんしたから、夜は駄目だと言われた』

釈然としない表情のアレクサンドルは、「何が悪かったのか」と言いそうな顔で顎に手をやる。

『それにしても、封印を解放された伝説の童貞は凄いですね』

『魔王みたいな言い方やめろ』

二人きりになると、ヨハンの口調はかなり砕ける。こういう時、二人は学生時代の雰囲気に戻る。

『それにしても……。優花様に〝本当のこと〟はお伝えしないつもりですか？』

優秀な秘書は呆れたように唇を歪めて笑う。

『優花様がフラクシニアに来るより前。日本の通訳エージェントに、彼女が宝石商のもとで働くよう誘導させましたよね？　宝石商がクライアントなら、アフリカやブラジルやオーストラリア、ロシアなど候補はあれど、いずれフラクシニアにも来る。そう踏んでエージェントに圧力を掛けたでしょう？』

『……察しの良すぎる従者だな』

不敵に笑ったアレクサンドルの言葉に、ヨハンが閉口する。

『それ、映画だと私が消されるパターンじゃないですか』

軽口を叩き合って二人で笑ったあと、アレクサンドルはカフェインレスティーを一口飲む。

『どちらにせよ、優花を他の男に渡すつもりはなかった。ミスター澄川のもとでいい子に育ててもらっている間も、彼女の成長を画像や動画で送ってもらった。遠くから見守り、時に使える人脈を駆使してあの一家を守った。そこまでしたんだ。私が彼女を娶(めと)っても、正当な対価と言えるだろう？』

『まったく……。悪い人ですね』

呆れた口調だが、ヨハンは笑顔だ。

『それにミズ足立とも、ミスター富樫に気付かれないよう別口で契約したじゃないですか。彼女の今後の仕事の保証をするから、二人を別れさせろだなんて……。あなたもとんだ悪人だ。優花様が失恋して、どれだけ傷付いたか分かっているんですか？　可哀相に……』

咎(とが)めるヨハンの言葉に、アレクサンドルは悪びれず答える。

『優花を手に入れるためなら仕方がないだろう。あのままだと優花はあの男とくっついていたかもしれない。身辺調査をさせたら、「ミスター富樫はどうかと思う」と言われたしな。そんな男に渡すぐらいなら、私が優花を幸せにした方が、誰だってハッピーエンドだと思うさ』

そう言ったアレクサンドルはパソコンの画面を見た。フリーメールには、

〝Sarina Adachi〟という差出人からメールが入っている。

【親愛なる殿下。ご依頼通り富樫と優花さんを別れさせました。彼女の信頼は失ってし

まいましたが、私も自分の夢を掴むために何かを犠牲にすべきと思っています。このまま日本に戻れば、望み通り殿下が推薦してくださった会社に入社できるのですよね？
足立沙梨奈】

沙梨奈にアレクサンドルはこう返信した。

【ミズ足立。突然の依頼にもかかわらず、引き受けてくれて非常に助かった。あなたには気まずい思いをさせただろうから、事前に教えてもらった口座に、日本円にして五百万円ほど振り込んでおいた。好きに使ってほしい。あなたが望む会社には、私の知り合いということで推薦状を送っておく。そこから先はあなたの実力次第なので幸運を祈る。分かっていると思うが、今後優花には一切接触せず、ミスター富樫にも何も話さないこと。そうすればあなたには素晴らしい未来が待っているだろう。このメールアドレスは破棄するので、あなたもそのつもりで。A】

優花がフラクシニアに来る前から、アレクサンドルはすでに彼女と勝也を別れさせるつもりでいたのだ。

恐ろしいまでの執着で優花を自国におびき寄せ、そこで恋人と派手に別れさせて自分が慰める。昔からの想いを明かし、今度こそ優花を自分のものにするつもりだった。

『それはそうですが……。あなたの執着は常軌を逸していると言うんです。優花様が過去に交際した男性も、今は路頭に迷っているでしょう？　ああ、とんだ災難だ……』

やれやれと首を左右に振るヨハンに、アレクサンドルは薄らと笑う。

『優花の処女を奪った男など、私が許しておくはずがないだろう』

当然、と頷いたあと、アレクサンドルは含んだ笑みを浮かべる。

『だがお前はそんな私だから側にいるんだろう？　お前ほどの男の主が、ただお綺麗で正義感のある皇太子ではつまらない、と』

『……まぁ、私たちは似たもの同士だということです』

ニッコリ微笑んだヨハンこそ腹黒皇太子の従者に相応しい。

『これから先、日本人である優花がフラクシニア王家に嫁げば、少なからず波風は立つだろう。もちろん私は全力で優花を守るが、供として側にいてくれるな？』

『もちろんです、我が主』

いつもと変わらない従者の返事に、アレクサンドルは満足げに笑って目を閉じた。

眼裏に浮かんだ運命の人を、一生手放さないと思いながら――

夏の日本にて

羽田空港に下り立ったアレクサンドルを、周囲の日本人女性がそれとなく気にしている。

彼は白いTシャツにジーンズ、スニーカーというカジュアルな姿なのに、やはり溢れ出る気品が人目を引くのだろうか。濃いサングラスをかけても顔立ちの良さが分かるのか、女性たちの視線は女豹の如く鋭い。

「サーシャ、時差は大丈夫ですか？」

その隣を歩く優花は、長時間のフライトでも大丈夫なようにスウェット素材のマキシワンピースを着ていた。こちらも靴はスニーカーで、傍目から見ればただの国際カップルに見える……といいのだが。

「ああ。飛行機の中で眠ったから大丈夫だ。優花は？」

逆に尋ねられ、優花は初めて乗ったファーストクラスの感想を述べる。

「いやぁ……。最高でした。まさか飛行機なのに、体を横にしてお布団で眠れるなんて思いませんでした。お食事も食器のフレンチで……。ワインも美味(おい)しかったですね」

「酔っ払った優花は、ご機嫌になって可愛かったな」

フラクシニアを出国する時、スーツケースにＶＩＰタグをつけられた。

ヨハンいわくＶＩＰ扱いの荷物は、ファーストクラスより出てくるのが早いのだとか。

「飛行機だと酔いやすいのって何ででしょうね？　気圧とか関係あるんでしょうか？」

「多少あると思うよ。機内は地上より低気圧、低酸素になっている。それで脳内の酸欠によるパフォーマンス不足になり、酔いを認識するのだと思う」

「へぇ……。気圧による人体の変化かな、と思いました」

「そちらについては諸説あるが、医学的エビデンスはまだないそうだ」

そんなことを話しながら、二人は空港内を歩く。

一般客が通らないルートで入国審査を通過し、スムーズに出てきたスーツケースを受け取る。そして車寄せまで歩いているのだが、まぁ周囲からの視線が凄(すご)い。

若い美女から年配のご夫人まで、興味津々(きょうみしんしん)にアレクサンドルを見るのでヒヤヒヤものだ。

自分のようなボケッとした一般人がアレクサンドルの側にいていいのか、と思ってしまう。

飛行機や空港に少し詳しい人なら、空港スタッフに案内されて移動している〝それっぽい人〟がＶＩＰだとすぐ分かるだろう。

（やっぱり雰囲気が違うんだろうなぁ……）

ぼんやりと思いつつ、サングラスを掛けていて良かったと内心で頷いた。

夏の日差しを気にしてのサングラスだが、目立つアレクサンドルと一緒にいるので、変装の意味もあった。

「殿下、このままザ・パンテオン東京まで参ります。フラクシニア大使館の車を呼んでありまます」

「ああ、分かった」

ヨハンの口から出て来たホテルは都内でも屈指の高級ホテルで、優花は内心「ひええ……」となる。

興味半分で公式ホームページの客室ビューを見たことがあるが、桁外れの豪華さだった。まさかそこに泊まれる日が来るとは……

おまけにアレクサンドルのスーツケースは、ハイブランドのエメ・クザンだ。誰もがアレクサンドルのスーツケースを見たあと、彼を見て納得している。

だが高級なスーツケースを持っている理由も、彼がコレクターな訳ではなく、モデルの仕事を請け負った時、礼としてブランドの服やアイテムをもらったのだそうだ。

正直、ちょっと羨ましい。

彼のサングラスもハイブランドの物で、自然に纏(まと)っている彼はまさしく〝本物〟だ。

それはともかく空港内の熱い視線を回避し、車寄せに到着するとスムーズに大使館の車に乗り込んだ。黒塗りの車は、青いナンバープレートに丸で囲った『外』がついている。

「落ち着かないか？」

「そっ、そりゃあこんな車に乗るなんて初めてですよ！」

キョロキョロしている優花に比べ、アレクサンドルは慣れた様子でスマホを車内Ｗｉ－Ｆｉに繋(つな)いでいる。

「車は車だ。それ以外の何でもない」

「そんなぁ……」

泣きそうな優花の声を聞き、助手席にいるヨハンが忍び笑いをした。

＊　＊　＊

日比谷にあるザ・パンテオン東京に着いたのは、五十分ほどしてからだ。

目立ってはいけないからと地下駐車場から入り、そのまま最上級のスイートルームがあるフロアまで特別なエレベーターで上がった。

「うわぁ……。すごぉい……」

広々としたリビングにはグランドピアノがあり、モダンなグレーのソファセットのテーブルには、冷やされたシャンパンとフルーツがあった。皇居が見える窓の前には、景観を楽しむためのソファがある。

ダイニングテーブルは八人掛けで、豪奢(ごうしゃ)なシャンデリアがある。

別室にはトレーニングジムがあり、広々としたウォークインクローゼットも、東京の街を一望できるバスルームもある。

ベッドルームにはもちろんキングサイズのベッドがドンと鎮座しており、寝ながらテレビを見られる他、脚を伸ばしてゆったり座れるソファもある。

内装はウッド調を基本に、落ち着いたゴールドやシルバーで和モダンな装飾があった。どこを見ても上品で優雅で、優花はすっかりこの空間の虜(とりこ)になった。

「サーシャと一緒じゃなかったら、一生こんな部屋に泊まれませんでした」

「部屋ぐらいで大げさだな。でも優花のためなら、世界中のスイートに泊まってもいいよ」

「そ、それは、皇太子殿下なのですから、お金の使い方は控えめにしたほうが……」

「はは。でも公務で訪れる時は国賓(こくひん)としてもてなされるし、プライベートの時は私がビジネスで稼いだポケットマネーで宿泊するからね。どちらにしても似たようなものだよ」

「殿下。今回はプライベートですので、特に決められたスケジュールはございません。ですが大切なお体ですので、護衛のことも考えて部屋から出られる際は私までご連絡ください」

ヨハンの言葉を聞き、アレクサンドルは微笑して「分かっているよ」と頷く。

「それでは我が忠臣よ。フライトで少々疲れたので、ルームサービスにアフタヌーンティーを頼み、あとは優花と二人きりにしてほしい。いいか？」

少し芝居がかった言い方をしたアレクサンドルに、ヨハンも仰々しくお辞儀をした。

「優花、おいで」

ヨハンが退室したあと、アレクサンドルはリビングのソファに座って両腕を広げた。

「は……はい」

彼の隣に座って体を預けると、スゥッと首筋の匂いを嗅がれた。

「ひゃっ……」

「あぁ、いい匂いだ。私の膝の上に乗ってごらん」

「そんな……。長時間のフライトのあとなんですから疲れますよ」

そう言いつつも、優花はアレクサンドルの脚のあいだにお尻を置き、横向きになって彼に抱きついた。

アレクサンドルはアイスブルーの目で優花を見つめ、「可愛い」と微笑む。

やがて形のいい唇が近付いたかと思うと、目尻や頬にキスをされた。

「ふふ……。サーシャ、くすぐったいです」

「君が可愛いのが悪い。食べてしまいたくなる」

いちゃいちゃしていると、キスがだんだん本格的になってくる。

「ん……、ン、ぁ……」

ちゅ、ちゅと唇を軽く啄み合い、どちらからともなく舌を伸ばした。舌先を舐め、吸い合い、やがて口腔にアレクサンドルの舌が侵入してくる。

グルッと口内を舐め回されただけで、体の奥に淫猥な火が灯ってしまった。フラクシニアに滞在していたあいだに、優花の体はすっかり開発されている。

アレクサンドルの手が優花の太腿から臀部を執拗に撫で、彼女の官能を煽る。

気が付けば優花は自らアレクサンドルの腰に跨がり、首に腕を回して懸命に彼の寵愛を乞うていた。

彼の舌に口内を支配されるのが気持ちいい。

ただ彼の支配を求め、舌を蠢かせる。

ヌチュクチュと粘液の音がし、アレクサンドルが二人分の唾液を嚥下する。わざと優花の恥辱を煽るような喉の鳴らし方に、体温が上がっていった。

「優花……一回セックスしようか」

それと分かる手つきでお尻を揉まれ、下腹部でジン……とメスの本能が疼く。

「ダ、ダメです。サーシャは一回がとても長いから」

「どうして？　今はプライベートで来ている。確かに滞在日数は少ないが、自由に過ごせるじゃないか」

アレクサンドルが甘えた声を出し、優花のワンピースを捲る。丸出しになった脚や下着に包まれたお尻を撫でられ、優花も気が付けば腰を揺らしていた。

「でも……」

その時部屋のチャイムが鳴り、優花は「ぴゃっ」と悲鳴を上げる。

アフタヌーンティーを頼んだことを、すっかり忘れていた。

慌てて優花はアレクサンドルの膝の上からどき、「はい！　今出ます！」とドアに向かう。

アレクサンドルは珍しく、溜め息をついて手で顔を覆った。

アフタヌーンティーを楽しんだあと、優花はタブレット端末でネットニュースを見ていた。

これからのことを考えて、優花はワールドニュースを積極的に見ている。フラクシニア国内のニュースは当たり前だが、他国のニュースにも目を通していた。

今見ているのは、『フラクシニア王国の首相の娘・ミーナ・サルミヤーエ逮捕』という見出しがついたニュースだ。警察署での事件以降、数日してそのニュースはフラクシニア中を巡った。内容は王家も関わっているので深くは触れていないが、ミーナが警察を使い国賓を襲わせたと書かれてある。警察内部がどれだけ首相と癒着しているかは、これから調査されるらしい。

「またそのニュースか？　特に代わり映えはないだろう。首相が失墜するのは目に見えているし、時期的に近いうちに選挙が行われる。実にシンプルな話だ」

アレクサンドルは、優花のタブレットを覗き込み、歌うように言った。

「……でも少し、後味が悪いです」

自分がきっかけで誰かが断罪されれば、そう感じて当たり前だ。

だがアレクサンドルは「分からないな」と小首を傾げる。

「君はミーナに嵌められてレイプされそうになった。更にミーナはフラクシニア王家が君に贈った宝石を盗もうとした。彼女は立派な犯罪者だ。おまけに権力を笠に着て警察に言うことをきかせていたのは、今回が初めてではないらしいね。彼女が相応の目に遭うのは決まっていたんだ」

チラッと彼の横顔を見ても、特に何の感情も抱いていないようだ。

（きっと王族にもなると、国際問題とかがあって、こんなことにいちいち反応していられないんだ。私もサーシャの妻になるなら、ドンと構えられるようにならなきゃ）

そう思った優花は、こくんと頷いた。

「分かりました。きっと自分が関わったから、彼女が不幸な目に遭うのが気まずいだけなんだと思います。常に〝いい存在〟でありたいとか、そういう考えはずっと前に捨てたはずなのに」

学生時代を経て社会人になり、優花は様々な人と関わってきた。

上手に仕事をしたいと思っても、中にはどうしてもウマの合わないクライアントもいる。

そういう時は「仕事だから」と心を殺して、あとで友達に愚痴に付き合ってもらった。

そうして経験を重ね、こちらがどれだけ誠意を尽くしても「万人に好かれるのは無理だ」という結論に至ったのだ。

「それは優花の優しいところだと思う。私は立場上、特定の人に必要以上の情を持つのは、あまり良くないと教育されてきたから」

「あぁ……」

言われて優花は納得する。

「もちろん、国民を愛しているし、各国の王族や政府、教会関係者と交流する時も相手を尊敬している。だが存在そのものが〝公〟である私が、皇太子として何かに執着し、情を見せるのは良くない。個人的なものはすべてスキャンダルに繋がるし、王家の醜聞になる。災害への見舞いや、ボランティアは別だけどね」

「……ですよね」

頷いた優花の肩を、アレクサンドルがポンと叩いた。

「だが優花は私の妻になるのだから、堂々としておいで？　日本人であることで何か言われるかもしれない。だがフラクシニア王家は国民を〝親日家〟として育ててきたし、政府にも日本との友好関係を維持すると伝えている。加えて優花が過去に私を救ってくれた勇者だと知れば、ほとんどの者が君を拍手で歓迎するだろう。『運命だ！』ってね」

「……はい」

この人がいるなら、どれだけ辛い局面に立っても真っ直ぐ前を向いていられる気がする。しっかり頷いた優花に、アレクサンドルは美しく微笑んだ。

もう一つ優花の胸を暗くさせていたことがあったが、それはアレクサンドルには伏せておくことにした。

帰国したあと勝也がさんざんな目に遭ったと、宝石店関係の仕事仲間から連絡が入っていたのだ。どうやら店に空き巣が入り、勝也自身にはケガはないものの、めぼしい貴金属類をすべて盗まれたらしい。それで彼はすっかり抜け殻のようになっているのだとか。

彼と嫌な別れ方をした上にこんなことになり、優花としては非常に気まずい。

浮気されて憎んだ相手でも、人生が変わるほどの不幸に遭ったと聞いて「ざまあみろ」など思えない。

とはいえ、優花と勝也は袂(たもと)を分かっており、もう二人の人生が交差することはない。

これ以上気にしても仕方ないだろう。

（……彼にも、それなりの幸運がありますように）

優花は心の中でそっと願うのだった。

＊　＊　＊

優花の実家は目黒区青葉台にある。

海外転勤が終わった父がローンで購入した一戸建てだ。

閑静な住宅地ながら、渋谷、代官山、中目黒といったお洒落(しゃれ)スポットに近い。公園もたくさんあって子供が遊べて、治安も良かった。

あらかじめ両親には昼頃に向かうと伝えていたが、家の前に人影があって仰天する。

「やだ！　お父さんとお母さん、外で待ってる！」

二人して外に立っていたら、夏なので暑いだろうし、何事だろうと近所から思われる。

「もぉ……」と赤面すると、アレクサンドルは「ありがたいことだよ」と笑った。

「暑いでしょう！　熱中症になるから入って！」

優花は両親に会うなり、開口一番そう言った。ポカンとした両親を見て、アレクサンドルが快活に笑う。その笑い声にハッとした両親は、金髪の美丈夫(びじょうふ)に向かって深々と頭を下げた。

「殿下、ご多忙の中、よくぞ日本まで……」

「殿下のご活躍はテレビやネットで拝見していましたが、本当にご立派になられて……」

両親の言葉にアレクサンドルは微笑み、二人に親愛のハグをした。

「お義父(とう)さん、お義母(かあ)さん。よければ中に入れてくださいませんか？　あなたたちも暑いでしょう」

さりげなくアレクサンドルが両親の体調を気遣い、優花は感謝した。東京の殺人的な暑さの中、いくら自宅の前とはいえ外で立っているのは辛い。

「狭い家ですが、どうぞ」

両親にいざなわれ、優花は婚約者と共に久しぶりの実家に入った。

ヨハンと後続の車に乗っていた護衛の一人は一緒に居間に来て、残りは玄関で待機だ。

「水出しの緑茶を作っておいたんです。お嫌いでなければどうぞ」

「ありがとうございます。お義母(かあ)さん」

優花とアレクサンドルはソファに座り、両親はその向かいに座る。ヨハンはアレクサンドルの背後にピシッと立っており、何だか申し訳ない。

「お寿司の出前を注文したのですが、お嫌いではないですか？」

「ああ！　寿司ですか！　日本で本場の寿司を食べたいと思っていたんです。お気遣いありがとうございます」

久しぶりの和食、しかも寿司だと聞いて優花も喜ぶ。

「お母さん、茶碗蒸しある？」

つい食い意地を見せて母に尋ねると、呆れたように笑われた。

「注文しておいたわよ」

「優花、チャワンムシ、とは？　虫？」

親日家のアレクサンドルでも、ネットのみの情報ではカバーしきれない部分がある。

優花はパパッとスマホで画像を検索し、アレクサンドルに見せた。

「お出汁(だし)に卵を混ぜて、蒸した物なんです。美味(おい)しいですよ」

「プリンみたいだな」

アレクサンドルの感想に、優花は思わず笑う。

お茶菓子が出て少し改まった雰囲気になると、アレクサンドルが切り出した。

「今回は急な話にもかかわらず、温かく迎えてくださってありがとうございます。ご存知の通り、今回私は優花との結婚の許しをもらいに来ました」

スーツを着たアレクサンドルに言われ、両親の表情が緊張する。クリーム色のレースワンピースを着た優花も、背筋を伸ばした。

「本当に優花でいいんですか？　昔のことはもちろん承知していますが、それが理由で結婚とは……。殿下に長い時間、気持ちの面でご負担をお掛けしていたのでは、と心配になってしまいます」

父がそろりと尋ねるが、アレクサンドルは穏やかに微笑んで首を横に振る。

「優花があの時私を庇（かば）ってくれたから、今の私がいます。彼女は恩人であり、私のすべてです。この歳になるまで遠くから見守り、彼女を迎えることしか考えていませんでした。私には、優花以外の女性は考えられないのです」

アレクサンドルが自分の両親にそう言うのを、優花は耳まで赤くなって聞いていた。いくら彼が親日家で日本寄りだとしても、愛情表現を婉曲（えんきょく）にはしない。どんな言語でも好きなものは好きだとハッキリ言う人なのだ。

「それならいいのですが……」

父は遠慮がちに微笑み、間を取るように水出し緑茶を一口飲む。

肝心なことを口にしたのは、やはり母だった。

「質問させて頂きます。殿下のお気持ちは疑っていません。優花も殿下を慕っているでしょう。ですがこの子は日本の一般家庭で育ちました。海外を転々として育ちましたが、名家の生まれや社長令嬢という娘ではありません。この子がロイヤルファミリーに加わり、バッシングを受けることはないでしょうか？」

それは優花も憂慮していた。

さりげなくアレクサンドルを窺うと、彼は静かに微笑む。

「お気持ちは理解します。どこのご令嬢でも、その問題は発生するでしょう。ですが私は自分が妻にすると決めた女性を一生守り抜きます。小さな彼女が私を救うのに何も迷わなかったように、今の私に迷いはありません。結婚前にメディアの取材に答えることもあるでしょうが、その時に私は妻への愛を国民に精一杯伝えます。彼女が私の命の恩人であること、遠い日本から運命の糸をたぐって私と再会したこと。……フラクシニアの国民はロマンチックな話が好きですから、きっと優花を歓迎してくれます」

アレクサンドルの答えもよどみがない。

「きっとこうお答えしても、お義父さんとお義母さんの不安はつきないでしょう。大切な娘が遠い異国の地に嫁ぐのですから。私も可能な限りご家族とコンタクトできる環境を整えます。万全を期して彼女を迎えるとお約束します」

彼ばかりに言わせたら駄目だと思い、優花も口を開いた。

「お父さん、お母さん。心配かけてごめんね。でも私、大丈夫だから。サーシャが守ってくれるし、陛下たちもとても優しいの。皇太子妃になるためのレッスンは厳しいだろうけど、サーシャの隣にいたいから頑張れると思う」

両親を真っ直ぐ見て微笑んだ優花に、父がポツリと呟いた。

「……いつの間にか、一人で色々考えて、決められるようになったんだな」

寂しそうな父の言葉に優花は何も言えない。

「優花はもう二十六歳なんだから、十分大人よ」

母の冗談めかした言い方に、父は不器用に唇を歪める。

「そうだな。子供はいつか親元を離れるものだ。奏多は男の子だからどこへでも行ってこいという感じだったが、女の子の場合は……意外とクるものだな」

奏多とは、優花の兄だ。

「そうよ。それに早めに手放しておいた方が、早くに孫を見せてくれるのよ？　殿下との子供なら、びっくりするほど可愛い子になるに決まってるわ。楽しみねぇ」

「もー！　お母さんったら！」

もう孫の話をされ、優花は呆れて笑う。アレクサンドルも快活に笑い、父も小さく肩を揺らした。

やがてアレクサンドルが床で正座をした。その行動の意味を察し、優花も慌てて彼の隣に正座をする。

「お義父さん、お義母さん。必ず幸せにし、守り抜きます。優花さんを私にください」

まるで日本人のように床に指をつき、アレクサンドルが綺麗に頭を下げた。

こんな展開になると想像していなかった優花は、焦りつつも彼に倣う。

「お父さん、お母さん、お願いします」

仰天したのは優花の両親だ。

「殿下！　おやめください！」

両親は焦って立ち、正座をして頭を下げるアレクサンドルを制止する。

だがアレクサンドルは頭を下げたまま、頑として動かない。

「日本のご両親を持つのだから、日本式で結婚の許しを得るのは当たり前です」

その態度にヨハンが背後で笑いを噛み殺していたが、もちろん本人たちは気付いていない。

「よ、喜んで優花を嫁に出しますから！　ですから頭を……！」

悲鳴に似た父の声に、アレクサンドルがにこやかな顔を上げた。

「ありがとうございます！」

やけに爽やかな笑顔を見て、両親は腰が抜けたように座り込む。

その時、頼んでいた寿司が来たのかチャイムが鳴った。やけにタイミングが良くて思わず優花は笑い、気が付けば全員が笑っていた。

＊＊＊

日本で両親から結婚の許しを得たあと、二人でフラクシニアに戻った。

フラクシニアに永住するための手続きを進めているあいだ、皇太子妃となるべくレッスンに励む必要がある。決して楽なレッスンではないが、アレクサンドルの妻となるためなら優花も前向きに頑張ることができた。

そんな折、優花の兄である奏多がフラクシニアにやって来た。

「お兄ちゃん！　久しぶり！」

レッスンのため日常的にハイヒールを履いて過ごしている優花は、カツカツとヒールの音をさせてスーツ姿の兄に駆け寄った。

「随分立派になったな。姿勢も良くなった気がする。髪や肌もツヤが出たか？」

長身の奏多は、身長が一八六センチはあった気がする。優花も身長が高いほうなので、きっと両親譲りなのだろう。

「ふふー。自分でも努力してるけど、エステティシャンさんとかに色々してもらってるの」

黒髪を整髪剤で軽く撫でつけた奏多は、優花の後ろからやってくるアレクサンドルを見て、綺麗に一礼をした。

「殿下、お久しぶりです。妹がお世話になっております」

奏多は二十八歳で、彼も子供時代をフラクシニアで過ごしている。あの事件のあと宮殿に招待された時、歳が近いということでアレクサンドルと交流していた。

不意に両親が今までフラクシニア王家と関わりがあるのを黙っていたと思い出し、兄はどうなのだろう？　と疑問を抱く。

ヨハンに促され、迎賓室へ向かう途中、優花は奏多に尋ねた。

「もしかしてお兄ちゃんもうちがフラクシニア王家と関わりがあったって、知ってた？〝アフロディーテの涙〟のことも？」

すると、奏多はチラッとアレクサンドルを見て困ったように笑った。

「黙っててごめんな。俺は時々アメリカからフラクシニアに飛んで、殿下に拝謁していたよ」

「えーっ！」

奏多は日本国内の高校を卒業したあと、海外の大学に進んでそのまま就職していた。現在付き合っている日本人女性がいるらしいが、詳しく教えてくれない。

「もー……。本当にうちの家族って秘密主義だなぁ」

　自分だけ知らされていなかったと項垂れると、アレクサンドルが慰めてくれる。

「それだけ皆、優花を大事にしていたんだ。私の気持ちが本気だと理解し、再会できるまで見守ってくれた。ありがたいことじゃないか」

「そう……ですけど」

　迎賓室に着くと、ヨハンが美味しい紅茶を淹れてくれる。

　優花とアレクサンドルはソファに並んで座り、向かいに奏多が座った。

「お兄ちゃんはサーシャとどういう交流をしていたの？」

　優花の質問に男二人はチラッと視線を交わし、意味ありげな笑みを浮かべた。

「父さんと母さんが優花に内緒でフラクシニア王家と連絡を取っていたように、俺も殿下と個人的にメールのやり取りをしていたんだ」

「ええ？　いいなぁ」

　優花は驚くと同時に、自分よりアレクサンドルと付き合いの長い兄を羨む。

「いいことは……あったかな？　殿下は毎回毎回、『今、優花はどうしてる。最近の優花はどうだ』ばっかりで」

　思わず隣にいるアレクサンドルを見ると、にっこり完璧な笑みを浮かべたまま奏多を凝視している。その笑顔が怖い。しかし奏多は、アレクサンドルの視線をものともせず話を続けた。

「優花が中学生から大学生にかけては、本当に酷かったな。『優花だって普通の女の子だから、恋愛ぐらいしますよ』って言っても、『いいから邪魔してくれ』と懇願されたり……」

「……」

学生時代、優花が門限を破ろうとすると、必ず兄が迎えに来たことを思い出した。あの時は少し鬱陶しく思っていたが、その裏にアレクサンドルがいたとは……

「……サーシャ」

「……いや、すまない。事実だから否定しない。言いたいことがあるなら、あとで聞こう」

優花の視線にアレクサンドルは珍しく目を合わせず、言い訳をする。

「俺がアメリカに住み始めたら、フラッとニューヨークまで来て『仕事のついでだ』と言って食事をしたな。その時もやっぱり話題は優花のことばっかりで、『この人はブレないな』って思った。殿下は友人が大勢いたけど、女性と噂が立ったことはなかった。この通り、優花への執着は異常だから、妻としての心構えより、いかに殿下の独占欲に潰されないか心配したほうがいい」

優花は冷や汗が出る思いでアレクサンドルを見る。

「何を言うんだ。優花だって私を愛しているだろう？　愛は深いほど良いのだから、問題ないじゃないか」

アレクサンドルが反論するが、結婚すると決まってから毎晩彼の攻めに容赦がなくなっている。

「それはそうと、お土産を渡させてください。アメリカからなので、日本の物といきませんが」

そう言って奏多は、持ってきた大きな紙袋をドサッとテーブルに置く。

「お兄ちゃん、何持ってきたの？」

優花が中腰になり覗き込むと、そこには安価な菓子やジョークグッズがぎっしり入っていた。

「ちょ……っ、ふ、ふざけてるの⁉　皇太子殿下だよ⁉」

慌てて兄に注意すると、アレクサンドルは弾けるように笑い出した。

「いや、いいんだよ。私と奏多は気軽な付き合いをしている。親友と言っていい」

言いつつもアレクサンドルは菓子を確認し、「よし、執務中の糖分補給にするぞ」と頷いている。

「本当ですか？　……もー……。心臓に悪い……」

くたりとソファの背もたれに体を預けると、アレクサンドルと奏多がおかしそうに笑った。

「手軽に買える菓子でも、過去に私が好きだと言った物ばかりだから、奏多も気を使ってくれていると思うよ。……おっと」

そう言ってアレクサンドルは何かを袋の奥に押し込む。彼は男性向けの大人の玩具を見つけたのだが、優花には分からない。アレクサンドルが奏多を軽く睨（にら）むと、彼はしてやったりと笑った。

「しかし殿下が伝説を更新せず、願いを成就したと聞いて、俺はニューヨークで祝杯を挙げましたよ」

〝伝説〟と聞いて、業務中のヨハンが珍しく肩を震わせる。

「伝説？」

何のことか分からない優花がきょとんとしていると、アレクサンドルに「君は気にしなくていいよ」と頭を撫でられた。

「ですが、本当にうちの妹なんですね……。いいんですか？　割と気が強いですよ？」

言われている内容はともかく、しみじみとされ、少し照れくさくなる。実家に行った時もそうだったが、こういう態度をとられると、自分が結婚すると自覚させられる。

「すべて愛しているから構わないとも」

「お腹一杯です、ありがとうございます」

アレクサンドルの惚気（のろけ）に、奏多は呆れたように笑った。

「しかしセミを捕まえて笑ってた優花が、プリンセスにね……」

「セ、セミの話は……！」

子供の頃の話をされ、優花は焦る。今は女性らしさを気にしているのだから、短パン姿で駆け回っていた少女時代のことは持ち出さないでほしい。

「……よろしくお願いします」

だが奏多は急に真面目な顔になり、アレクサンドルにきっちりと頭を下げた。

「お、お兄ちゃん？」

戸惑う優花をよそに、奏多は兄としての本音を口にする。

「殿下がずっと妹を想ってくださっていたのは存じ上げています。優花も殿下を想っているのなら、もう口出しする者は誰もいないでしょう。それでも、日本で言う〝世間〟であったり、フラクシニア国民、また各国の要人、何よりマスコミは厳しいものです。優花が皇太子妃として相応しいか、常に目を光らせるでしょう。アジア人のプリンセスとなれば、余計にです」

兄も両親と同じことを心配していると理解し、優花は神妙に俯く。その背中を、隣に座っているアレクサンドルが優しく撫でた。

「ですが殿下なら、必ず妹を守ってくださると信じています。どうか妹が泣くことのないように……お願い致します」

兄が頭を下げるのを見て、優花は自分が家族と離れるのだと急に自覚した。ニューヨークからわざわざ兄が来て、自分のために頭を下げてくれている。

「……奏多、頭を上げてくれ。君は私の義兄になるのだから」

アレクサンドルが立ち上がり、奏多の肩にポンと手を置く。

「約束するとも。優花はフラクシニアの皇太子妃になるが、その前に私の妻だ。愛する妻を守るのは、男の役目だ」

告げたあと、アレクサンドルは奏多の目を見てしっかり頷いた。

「殿下を信じます」

それに奏多も微笑み、二人は固い握手を交わした。

「奏多様は今晩宮殿に泊まっていかれますか？」

そこでヨハンが尋ね、奏多は笑顔になる。

「もちろん！　殿下に色々と話を聞かなければいけませんから。もう、色々と。妹について、色々と」

立ち上がった奏多はアレクサンドルと肩を組み、やたらと強く握手する。

「お、お兄ちゃん……？」

兄の行動が無礼でないか、優花はハラハラする。だがアレクサンドルもやけにいい笑みを浮かべ、奏多の肩を抱き返した。

「受けて立つとも！　もうバカにさせないぞ！」

「殿下は今回が雪辱戦ですねぇ。今までさんざん奏多様の惚気話を聞かされていましたから……」

ヨハンも含んだ言い方をして笑い、優花だけ訳が分かっていない。

「あ、あの……。私も参加していいですか？」

小さく手を上げてアレクサンドルに尋ねると、彼は意味深に笑って首を横に振った。

「優花、たまには男同士で話したい時もあるんだよ。君とご家族を交えて話す機会は、式が終わったあとにゆっくり設けよう」

「は、はい……」

男同士と言われると、引き下がるしかない。

そして、兄はアレクサンドルとこんなに仲が良かったのだな、と少し嫉妬するのだった。

＊＊＊

再会して翌年の六月に、二人は式を挙げた。

フラクシニア国内の大聖堂で、優花はシンプルなデザインながら、総レースでトレーンを五メートル引きずる豪奢なウエディングドレスを身に纏っていた。

頭にはフラクシニアで取れたダイヤモンドのティアラが輝き、ヴェールは縁に白百合が編み込まれている。

白百合のキャスケードブーケは、先端が上品に下がっていて美しい。

アレクサンドルは黒と赤、金を配した軍服を着て、腰にはサーベルを佩いている。

金髪碧眼の彼が軍帽の陰で甘く微笑んだのを見ただけで、優花はおとぎ話の王子様が現れたのかと気絶しそうになる。それほど、正装姿のアレクサンドルの破壊力は凄かった。

荘厳なパイプオルガンが結婚行進曲を奏でる中、優花は父にエスコートされたのち、アレクサンドルに引き渡される。

祭壇の前で変わらぬ愛を誓い、フラクシニアのアルマー地方でのみ採れる、アルマー・ゴールドと呼ばれる稀少な金でできた結婚指輪を交換した。シンプルなリングだが、その稀少価値は世界的に知られている。その上に燦然と輝くダイヤモンドの婚約指輪が重なるので、周囲からの羨望の溜め息が聞こえた。

『それでは、誓いのキスを』

司祭に促され、アレクサンドルが優花のヴェールに手を掛ける。

緊張が最高潮になり、優花は微かに震えながら少し膝を折った。彼がヴェールをフワリと上げ、専属化粧師によってメイクを施された優花の顔が露わになる。

「……綺麗だ」

大粒のダイヤモンドを身につけた優花を見て、アレクサンドルが呟いた。

『今、僕の星が瞬いたよ』

幼いあの日、先に運命を感じてくれたのはアレクサンドルだった。

優花は運命の糸に絡められ、気が付けばアレクサンドルのもとへ辿り着いている。それが度を超した執着だとしても、彼を愛しているので問題にならない。

彼の手が頬に触れ、優花は目を閉じた。

神の御前で誓いを果たすため、夫となった人が唇を重ねる。

「…………ン」

さんざん教え込まれた唇の感触に、思わず優花は小さく声を上げていた。柔らかで温かいアレクサンドルの唇に何度も食まれ、苦しくなって少し口を開いたところ、舌が入り込んだ。

「ん……!?」

リハーサルでは触れ合うだけのキスだったのに――！　と優花が焦ると、アレクサンドルはクス、と微かに笑ってすぐ唇を離した。

文句タラタラの顔で彼を見上げると、アレクサンドルは実に楽しそうに微笑んだ。

式が無事に終わったあと、二人は白馬が引く昔ながらの馬車に乗り、トゥルフの街中を巡る。

世界中から押し寄せた人々に祝福され、優花はこの上ない幸せを感じてアレクサンドルと共に手を振った。

＊　＊　＊

「疲れたかい？　優花」

貴賓を招いての晩餐を終えて家族とも話をし、二人がシャワーを浴びて落ち着く頃になると、時計は二十三時前を指していた。

優花は夫婦の寝室にいて、ハイブランドの白いバスローブを着ていた。髪を乾かしスキンケアとボディケアを済ませたのち、いざ初夜となり、緊張している。

「明日からハネムーンに向かうんでしょう？　地中海クルーズですよね。モナコにある別荘にも滞在するとか……」

「ああ、楽しみだな」

ベッドに座っていた優花の隣にアレクサンドルが腰を下ろし、チュッと頬にキスをする。

「……あ、あの。新婚ですし、致すのはやぶさかではないのですが、ハネムーンを楽しみたいので、どうぞお手柔らかに……」

優花がそう言っている側から、絶倫皇太子の手はバスローブのベルトを引っ張っている。

「ああ、嬉しい。優花が私のものになった」

だが心底嬉しそうに言われてギューッと抱き締められると、それ以上無粋なことを言うのが申し訳なくなった。

「優花、愛してる」

バスローブの間からアレクサンドルの手が滑り込み、プツンとブラジャーのホックが外される。

「か、観光もちゃんとしますからね？」

「うん、分かってる。たっぷり愛し合おう」

「ちょ、ぁ、ア――」

通じ合っているのか合っていないのか分からない状態で、優花は押し倒されてアレクサンドルに貪られるようなキスをされる。

「ン……ん。……ぅ、……んぅ」

ちゅ、ちゅと何度も唇が食まれ、徐々に官能が引き出されていく。

「は……っ、ぁ……」

舌を伸ばしアレクサンドルを求めると、すぐに彼も応えてくれる。バスローブはいつの間にか脱がされ、優花は純白のパンティ姿になった。

アレクサンドルの両手がたわわな胸を揉むと、彼の掌の中で乳房が形を変えた。硬い掌に擦れて乳首も凝り立ち、下腹部にムズムズとした疼きが宿る。

「優花……」

熱い吐息を漏らしながら、アレクサンドルは唇の位置を優花の頬、首筋、鎖骨と移動させていく。結婚式があるのでキスマークをつけるのを控えていた胸元に、チュウッと音を立てて思いきり吸い付いた。

「あん……っ、ン……」

更にきつく噛まれてキスマークをつけられたかと思うと、同じ場所をレロリと舐められ体が熱くなる。だがアレクサンドルがキスマークを自粛していたのは、見える場所に限ってだ。腹部から太腿にかけて、いまだ消えない赤いうっ血痕がある。

彼はそれを満足そうに見たあと、「私のものだ」とうっとりと呟いて舐めた。

「あく……っ、ン、んぅ……っ、ぁ」

滑らかな舌に舐められるのがくすぐったく、優花は身をよじらせた。するとまるで注意するように両乳首をキュッと摘まれ、また下肢に甘い疼きが宿る。

　アレクサンドルは優花の肌という肌にキスをし続ける。

　じっくりゆっくりと全身を愛され、彼のキスの儀式が終わる頃には、優花はすっかりクロッチに淫らな染みをつけて全身を火照らせていた。

「優花、ここがどうなっているか見せてもらうよ？」

「あっ……」

　薄い布越しに秘唇をツゥッと撫でられ、全身に悦楽が駆け抜ける。

　指先で軽く弄られると、布越しだというのにクチュクチュといやらしい音がし、優花は真っ赤になった。

　やがてアレクサンドルの手がパンティに掛かり、布地を丸めるように優花の脚から引き抜いてしまった。

「可愛い……。綺麗だ……」

　彼が優花の裸身を見るのは、何度目か分からない。

　なのにアレクサンドルは毎回賛美を惜しまず、優花を〝至上の女性〟として扱ってくれる。それが得も言われぬ心の快楽を生み、優花は彼に愛されている自信を持てるのだった。

　あとで聞いた話だが、恋人契約を結んだ理由には、優花を国王夫妻に会わせるまでフラクシニアにとどめておくためもあったらしい。それでもあの心許なさは、今思い出しても辛かった。

「どうせ契約が終わったら、すべてがナシになる」という脆い関係は、優花を大いに悩ませた。アレクサンドルに惹かれるほど、どんどん苦しくなっていった。

だが今はすべての始まりを聞かされ、公に彼の隣にいていい存在となれた。

これ以上の幸せがあるだろうか。

濡れた涙に気付いたアレクサンドルが、チュッと唇で涙を吸い取った。

「どうかしたか？」

「……いいえ。あまりにも幸せで……」

微笑むと、夫となった皇太子も甘やかに笑い返す。

「私も幸せでどうにかなってしまいそうだ。コレを見てくれ」

そう言って彼は、優花の手を股間に導いてガチガチに強張った屹立に触れさせた。

「きゃ……っ」

顔を真っ赤にしてアレクサンドルを見ると、彼は期待の混じった、けれど少し困った顔で笑う。

「私の優花を求める気持ちに、際限はない。二十年間我慢していたものが、解き放たれたんだ。ハネムーンの間も、思う存分愛させてくれ」

下着越しに彼の熱が伝わり、恥ずかしいながらもアレクサンドルの気持ちが嬉しい。

「はい、どうぞお手柔らかに」

そう言うと、彼も自分の性欲を自覚してか恥ずかしそうに笑った。

「優花……。こんなに潤ませて……」

アレクサンドルは白い肌を撫で、優花の秘部を見つめてくる。

アンダーヘアの処理をされたそこは、剝き出しの花弁を露わにしていた。紅梅色の秘唇が蜜を纏い、テラテラと光って夫を誘っている。

「新妻を味わわせてくれ」

アレクサンドルは優花の腰の下にクッションを挟み、角度を調節してからおもむろにそこへ舌を這わせた。

「あ……」

ピチャ……と音がし、温かくぬめらかな舌が静かに秘唇を上下する。

優花はアレクサンドルの金髪を掻き回し、口腔に溜まった唾をコクンと嚥下した。

クチャックチュッと蜜を混ぜるように舌が動き、そのうち小さな蜜孔に尖らせた舌がねじ込まれる。

「うん……っ、あ、あぁ……っ」

アレクサンドルは舌を屹立のように出入りさせ、ときおりジュズッ、ズズッとはしたない音を立てて愛蜜を啜った。高い鼻先で肉芽を刺激され、優しく撫でられる内腿からも、ゾクゾクとした快楽を得る。

「あぁあんっ、んーっ、ン……うぅ、ァ……、サーシャ、……あぁ、サーシャ……っ」

優花は甘ったるい声で夫の名を呼び、彼の金髪を掻き回す。

アレクサンドルは一度顔を上げ、ふ……と甘やかに微笑む。そして優花の顔を上目遣いに見て、肉真珠に舌を這わせた。同時に蕩けた蜜壷に指を二本挿し入れ、ゆるゆると潤った場所を探り出す。

「っひぁ、ア——っ、そこは……っや、……ダ、ダメ……っ」

一番の弱点を舐められ、優花はすぐに上り詰めてしまう。彼の指は陰核の裏あたりを執拗に擦り、トントンと刺激を与えては追い詰めてくる。

「達く時は『達く』と言う約束だろう?」

「ン……っ、い、達く……っ、達き——ますっ」

アレクサンドルの舌がチロチロと素早く陰核を舐め、優花はシーツを握りしめて腰を反らすとギュウウッと彼の指を膣肉で食い締めた。

フワァッと全身に籠もっていた熱が解放され、ゆっくり鎮静すると共に、体から力が抜けていく。

体を寝具に沈ませて呼吸を整えていると、アレクサンドルが指を舐める音が聞こえた。

不意にその音が止まり、不思議に思った優花は目を開ける。

彼は考え込むような顔で優花を見ていた。

「……どうかしたの？　サーシャ」

そろりと尋ねると、彼は困ったように笑ってみせる。

「避妊はどうしようかと思って。晴れて私たちは夫婦となった訳だが、子作りは計画的にした方がいいだろうか。優花は通訳の仕事を終えて、フラクシニアの皇太子妃になった。仕事や産休など考える必要もなくなったが、君はどう思う？」

アレクサンドルの手にはいつの間にか避妊具があった。それをつけようと思ってふと考えたのだろう。彼の子を産む未来を考え、優花の胸の奥に温かな気持ちが広がる。

「何もかも初めてなので、確かに不安はあります。ですが愛するサーシャと結婚できたので、もちろん子供は欲しいです。……わ、私は、つけなくても……いい。……ですけど」

勇気を出して言ったものの、最後は恥ずかしさのあまり小声になってしまった。

「優花……」

アレクサンドルは目を丸くし——破顔した。

彼は避妊具をポイッと放り、優花に覆い被さってくる。

「私たちの子供なら絶対に可愛い。フラクシニア王家の血を引く子を……産んでくれるか？」

「……はい」

静かに、だがハッキリ頷いた優花に、アレクサンドルは頬ずりをし、ちゅ、ちゅとキスの嵐を浴びせる。そのあと「耐えられない」と呟いて、これ以上なく昂ったモノを優花の蜜口に押し当てた。

「あ……」

いつもより熱を感じる。アレクサンドルが刀身を滑らせるたびに、彼の先端から零れたぬめりが愛蜜と混じり、グチュリといやらしい水音を立てた。

「優花、愛してる……。私の花嫁」

愛の言葉を呟き、キスをすると共に、彼がぐぅっと押し入ってきた。

「ん、――む。……う、うぅ」

舌が濃厚に絡み合うあいだ、優花の体は彼の侵入を許す。

隘路がミチミチと押し開かれ、たっぷり潤った場所をアレクサンドルの灼熱が滑った。濡れそぼった密道を、屹立が押し進んでいく。アレクサンドルは震える優花のお腹を押さえ、キスをしたまま彼女の腰を抱え上げた。

「んぅっ！」

ずんっと強く突き上げられ、優花は苦しげに呻く。

気遣うような優しいキスをされるものの、その間も二、三度突き上げられる。

「ぁ……。は……っ、はぁ……っ、あ、……ぅ」

彼がずっぷりと入り込む頃には、優花は深すぎる結合に唇を喘がせていた。

「私の優花……」

アレクサンドルが優しげに目を細め、ゆるゆると腰を動かし始める。濡れそぼった場所はグチュグチュと彼を咀嚼する音を立て、抽送がスムーズになるほど音が大きくなっていく。

「あぁんっ……、ぁ、あぁっ、サーシャ……っ、気持ちいい……っ、おっき……ぃ」

ぐぷっぐぷっと愛蜜が泡立つ音をさせ、優花は全身を汗で濡らして悶える。

「ここを弄ると、もっと気持ち良くなれるだろう？」

不意にピンッと膨らみきった肉芽を指で弾かれ、優花はあっという間に絶頂を迎える。

「ダメそこぉ……っ！　あ、あぁ……っ」

膣肉がギューーッと収縮し、ヒクヒクと震えて彼の射精を促す。だがアレクサンドルはフーッと息を吐いてやり過ごすと、優花の肉真珠を撫でながらいやらしく腰を動かした。

「優花、私だけの花嫁。今宵は初夜だ。何度だって淫らに達しなさい」

ねっとりと腰を動かされ、優花の子宮口がぐりぐりといじめられる。

全身が焼けたように熱くなり、頭の中が真っ白になった。

「まぁ……っ！　待って……っ、今……っ、達った、ばっかり……っ」

息も絶え絶えに言ったものの、彼は笑みを浮かべるだけだ。

「だから、思う存分達きなさい」

それからアレクサンドルは優花を突き上げ続けた。内臓すら押し上げるようなピストンをしつつ、上下に揺れる優花の乳房を見て捕食者のような笑みを浮かべる。

「優花、綺麗だ」

「あぅっ、ぁ、あぁっ！　ん、あぅっ、う、あぁあっ、あ、あ……っ、ぃあっ」

陶然とするアレクサンドルに、優花は余裕なく喘ぐしかできない。

口端から透明な糸を垂らし、高級なシーツを引っ掻き、足を突っぱらせる。

最奥まで叩き込まれる亀頭の強さは、アレクサンドルの屹立がすべて優花に埋め込まれていることを如実に知らせていた。本気で自分を抱いてくれている悦びを感じるのだが、肉真珠を弄られすぎると、たやすく意識を飛ばしてしまう。

「好きなの」「愛してる」と伝えたくても、唇から漏れる言葉はすべて嬌声に塗り替えられた。

その代わり微かに目を開き、一心不乱に自分を穿つ人を見て、満足げな笑みを浮かべる。

（この綺麗な皇太子殿下は、一生私だけのもの……）

とろりとした愉悦が胸を駆け巡り、それだけで優花は体内に頬張ったアレクサンドルを締め付け、何度目かの頂点を味わった。

やがてアレクサンドルも言葉少なになり、額(ひたい)にびっしりと汗を浮かべガツガツと腰を振りたくる。

「あ、あ、あぅっ、う、ぅあ、あ、んん、も……っ、だ……、めぇっ」

達したまま戻れないでいた優花は、切れ切れの声で絶頂を知らせ、小さな孔から蜜潮をピュッと飛ばす。

「……優、花っ」

同じタイミングでアレクサンドルも低く唸(うな)り、優花を強く抱き締め深い口づけをしてきた。

互いに荒い呼吸を繰り返す合間、クチュクチュと舌を絡ませ濃厚なキスを続ける。

優花の体内でアレクサンドルの怒張が爆(は)ぜ、ビクビクッと震えながら王族の子種を撒き散らした。

「ん、んん――っ」

優花は両手両脚をアレクサンドルの体に回し、彼を抱き締めながら随喜に打ち震える。

アレクサンドルは大量に射精しながらも、なおも優花を突き上げていた。

「ふ……っ、ふ、……は、ぁあ、…………あ……」

キスから解放された優花は、焦点の定まらないうつろな目で夫を見上げる。

彼は情欲に濡れた目で優花を見下ろし、一度目の昂りが収まるのを待つ――つもりはないようだった。

「優花、次は後ろからしよう」

クルッと体をうつ伏せにされたかと思うと、四つ這いの姿勢にされる。

「サーシャ……っ、待っ……ァ、あぁぁあ……っ」

しかし優花が何か言う前に、何度か屹立を扱いたアレクサンドルが、ずぶぅっと優花の中に己を埋め込む。

匂い立つ夜に、優花は何度となくアレクサンドルを受け入れ、朝方になるまで甘い声を上げ続けたのだった。

書き下ろし番外編

花火

優花とアレクサンドルが、日本の両親のもとまで挨拶をしに行った時、日本は夏真っ盛りだった。

無事両親に挨拶をしてホテルに戻った優花は、スマホを見て言った。

「サーシャ、花火大会があるみたいですよ」

「花火大会か」

彼は青い目を輝かせ、いいことを聞いたと微笑む。

類い希な美形である彼と長期間一緒に過ごし、イケメン耐性はついたはずなのに、こうやって不意打ちで綺麗な微笑みを見せられると、胸が高鳴ってしまう。

「興味深いな。我が国でもセレモニーの時に花火を打ち上げるが、日本のそれはとても情緒的だと聞いた。皇太子として日本に招待され、様々な催しに赴いたことはあるが、日本のすべてを知った訳ではない」

スイートルームのソファに座ったアレクサンドルは、歌うように言う。

「そうですね。きっと正式に来日した時は、周囲を護衛に固められた上、おもてなしする外交官もいて、自由に観光できる状況ではないと思いますし」

今回の来日はプライベートだが、それでも護衛が大勢同行している。

これがフラクシニアから正式に書状を送った上での来日なら、飛行機から降りる段階でマスコミに囲まれ、警察が列をなして……と、大げさなことになるだろう。

「優花、行こうか」

アレクサンドルは無邪気に言う。

「ううーん……」

東京をさほど理解していない彼の軽い言葉に、優花は額に手を当てて考え込む。

花火大会となれば人混みが凄い。押し合いへし合いで席取りになり、帰りも通勤ラッシュかというほどの混雑になる。

そんな中に一国の皇太子を放り込む訳にはいかない。

「あのですね……」

生半可な気持ちでは行けないということを、優花は滔々と説明する。

説明を聞いたあと、アレクサンドルは長い脚を組み、少しのあいだ何かを考えていた。

「その花火大会は、東京のどこで開催され、どこが見やすい？」

「東京湾岸で行われるので、その周囲……特にお台場なら見やすいのではと思います」

「ふむ」

一つ頷いたあと、アレクサンドルはスマホを取り出して腹心に連絡した。

『ああ、ヨハンか？　日本の花火大会を見たい。お台場付近のホテルで融通が利くところがないか確認してくれ。個人で無理なら、外交官に連絡してほしい』

（力技……っ！）

ルームサービスでも頼むように、サラッと注文するので恐ろしすぎる。

「サーシャ！　なるべく穏便に……！」

電話の邪魔にならないように、優花は口パクと必死の形相で訴える。

だが彼はそんな優花の頭を撫で、「心配ない」というように微笑んだ。

（駄目だ……。これ、駄目だ……）

彼は童話から出てきた王子様のような、優男風の風貌だが、一本芯の通った男性だ。

皇太子として各国の元首を相手に渡り合っているだけでなく、一人の男性としても割と頑固なところもある。「やる」と決めたことは完遂するタイプだ。

そのあともアレクサンドルは、フラクシニア語でヨハンに希望を述べたあと、『よろしく頼むよ』と言って電話を切った。

「優花、きっとヨハンがスイートを手配してくれる。ホテル側も有事のために満室にはしない。だから浴衣を用意して、ホテルで浴衣デートしよう」

明るく言われ、もう諦めるしかない。

（んんー！　決定されてる……）

諦めて微笑むしかない優花は、ガックリ項垂れて「仰せのままに、殿下」と敗北を示した。


お盆前の土曜日、二人は宿泊先をお台場にあるホテルに移していた。

「たった数日の宿泊、しかもメインの目的は花火を見るためなのに……」

ロイヤルスイートには何人座れるか分からないソファセットに、独立したダイニングルーム。ベッドルームも二つある。もれなくベッドはキングサイズだ。

「いいじゃないか。こぢんまりとした部屋も魅力的だが、広い方が宮殿を思わせて落ち着くんだ」

「……確かにそうですね」

生まれた時からあの大きな宮殿で過ごした彼に、「節約」と言って普通のツインで寝起きさせるのは違う。アレクサンドルは王家の生まれで、彼が海外で一般人のような扱いを受けたと聞いただけで、怒り狂う人がいるということを忘れてはいけない。彼自身が「構わない」と言っても、周囲の人を納得させる環境、服装、対応が必要なのだ。

（こういうところに来ると、選ばれた人と〝ご縁〟ができたと感じるなぁ……）

アレクサンドルと再会するまでは、東京で普通に節約して生活してきた。

仕事やプライベートで国内海外に行くこともあったが、もちろん飛行機はエコノミークラスで、ホテルも治安の良さは気にしつつも、リーズナブルに済むところを選んだ。

今後、自分の〝普通〟の感覚が塗り替えられてしまう。

（でも、選んだのは私なんだから、受け入れないと）

窓の外には東京湾を隔てて都心のビル群が見える。少し角度を変えればレインボーブリッジも見え、絶景だ。

（ありがたい、って思おう）

ソファに座って自分に言い聞かせている優花の手を、彼がそっと握ってくる。

「不安になったか？」

察してくれるだけで彼は十分に歩み寄っている。アレクサンドルが〝特別な人〟で、住む場所や生活レベルを変えられないのは承知の上だ。

「少しずつ慣れていきたいです」

譲歩している途中だと伝えると、彼は優しく笑った。

「慣れないことをさせるし、不安にさせると思う。でも幸せにするから安心して」

「はい」

チェックインして少しくつろいだあと、アレクサンドルが手配した浴衣を、着付師を呼んで着付けてもらうことになった。

アレクサンドルが取り寄せた優花の浴衣は、白地に紺の矢車菊柄の物だ。矢車菊はフラクシニアの国花であり、ヨハンが「このような柄がありますが」と連絡すると、彼はいたく気に入って「必ずそれを取り寄せてくれ」と言った。

帯はえんじ色で、纏めた髪には矢車菊と白い小花、葉をあしらった髪飾りをつけた。

アレクサンドルは紺色の浴衣に、グレーの角帯を締めている。

この日は花火大会に合わせて、ホテル側でも浴衣を提供する催しをしていた。なのでホテル内は浴衣を着た宿泊客で溢れているだろう。

着付けが終わって別室から姿を現した優花を見て、アレクサンドルが声を上げる。

「美しい……。優花」

(格好いい……！)

優花もまた、初めて見た和装の婚約者に胸をときめかせた。

「サーシャも素敵です」

本当はもっと胸にこみ上げる溢れんばかりの言葉があるのだが、感極まるあまり語彙力をなくしてそう言うのが精一杯だった。けれど、彼はパッと表情を輝かせる。

「そう言ってもらえて嬉しい」

美貌の皇太子だというのに、こういう時の笑顔はとても無邪気なので、普段の紳士的な顔とのギャップにさらにキュンとなる。

「ヨハン、頼む」

彼はリビングで控えていた従者にスマホを手渡し、暗くなってきた窓の外を背景に優花の肩を抱き寄せる。

「撮りますよ。三、二、一……」

いつもと変わらないスーツ姿の彼は、二人にスマホを向けてタップする。

そのあともアレクサンドルのこだわりで、縦横、様々なアングルやポーズ、浴衣の背面を見せて……など変化をつけての撮影会になった。優花の顔のアップや髪飾りにフォーカスした撮影もされ、恥ずかしいことこの上ない。

「これ以上はもういいですって……！」

羞恥のあまり少し離れた場所まで逃げた優花を、アレクサンドルはクスクス笑って見守っている。おまけにヨハンがこんなことを言ってきた。

「優花さんは、殿下の浴衣写真が欲しくありませんか？　あらゆる角度から撮りましたよ？」

「ほ、欲しい……！」

思わず言うと、彼らは爆笑した。

花火大会が始まる時刻の十五分前には、二人は高層階のレストランにいた。

周りは浴衣を着た客が多く、優花は紙エプロンをつけた上で、袖に気を付けながら懐石料理コースに舌鼓を打っていた。

やがてドォォン……と大きな音を轟かせ、黒い空に鮮やかな花火が咲く。

「素晴らしい……」

アレクサンドルが青い目を輝かせ、嬉しそうな表情で呟く。

彼のその表情を見て、優花も笑顔になっていた。

(日本の花火を見たいって言った時はどうなることかと思ったけど、セレブならではの楽しみ方もあるんだよね。こうやって彼が喜んでくれるなら何より)

彼は親日家だから、これからも日本文化に興味を示しては体験したいと言うかもしれない。

そのたびに彼なりのやり方で一緒に楽しんでいけたら……と思った。

「ああ、素晴らしかった」

レストランで花火を堪能したあと、二人はバーでグラスを傾けていた。

アレクサンドルはウィスキーを、優花はカシスオレンジを飲んでいる。

「ねぇ、優花。こうやっているとあの時を思い出さないか？」

不意にそう言われ、「あの時？」と目を瞬かせる。

「宮殿の私の部屋で、君が〝誘惑〟しにきた時」

意地悪に言ってニヤリと笑われ、優花は「あ……」と赤面する。

あの時は勝也に言われ、アレクサンドルに近づいた。フラクシニア語が話せて気に入られた優花に、彼は自分の仕事が上手くいくよう口利きしてくれと言ったのだ。

当時のことを思い出すと、思わず溜め息が漏れる。

（どうしてあんな人のこと、好きだったんだろう）

思い出して苦しむほどではないが、ジワリと胸の奥に不快感が滲む。

そんな優花の横顔を見て、アレクサンドルは微笑んでいた。

「私、サーシャに選ばれて幸せです」

自分を選んだ優花の答えを聞き、彼はニッコリ笑う。

「私も、運命の女性と結婚できるのが光栄でならないよ」

彼の美しい笑顔を見て、優花はうっとりと微笑む。

（この人の手を取って良かった。これからも大変なことはあるだろうけど、私を心から愛してくれるサーシャとなら、二人で乗り越えていける）

それだけではない。アレクサンドル以外にも国王夫妻にヨハン、離れたところでは両親も兄も応援してくれている。

「これからもよろしくお願いします。サーシャ」

微笑みかけると、彼はお姫様にするように優花の手の甲にキスをしてきた。

部屋に戻ったあとは、当然アレクサンドルに求められた。

「優花、脱がせてもいいか？」

ベッドの上で尋ねられ、甘えるように見つめられる。

「……はい」

はにかんで頷くと、アレクサンドルは嬉しそうに笑い、優花の帯に手を掛けた。

彼は帯を解(ほど)いたあと、キスをしながら襟元に手を入れてくる。

「ん……、う、……ん」

肉厚な舌が口内を舐め、アルコールで少し高まった鼓動がさらに速まる。

彼が纏(まと)う芳(かんば)しい香水の匂いを鼻腔いっぱいに吸い込み、優花は優しく押し倒された。

ベッドの上で浴衣(ゆかた)を着崩し、黒髪を広げた彼女を見て、アレクサンドルは悠然と微笑んだ。

「誰よりも美しい……。私だけの優花」

そう言う彼こそ、浴衣(ゆかた)の間から逞(たくま)しい胸板を晒(さら)し、この上なく妖艶(ようえん)だ。

「これから先、私にしか見せてはいけないよ」

乳房の中心——心臓のある辺りにグッと掌を押しつけられ、優花はとろりと笑う。微かな苦しさを覚えても、アレクサンドルに与えられるものならすべて悦びだ。

「……はい、ご主人様」

従順に答えた優花に、彼は支配者の微笑みを浮かべ、褒美のキスを与える。そして彼女の豊かな乳房に手を這わせ、ゆっくり揉み始めた。

自分よりずっと大きく硬い掌に柔肉を蹂躙され、優花は切ない吐息を漏らす。スリスリと乳首が擦れ、まだ触れられてもいないのに下腹部が熱を持った。

舌を絡ませ合ういやらしいキスをしながら、アレクサンドルは婚約者の体を隅々まで撫で、その滑らかな肌を堪能する。

「は……っ」

太腿を割り開かれてその間に彼の腰が入った時、優花は思わず艶冶な息を漏らした。

アレクサンドルは満足げに目を細め、彼女の胸元から腹部、くびれた腰から臀部へと手を這わせる。

「サーシャ……」

うっとりとした表情で彼の名を呼んだが、すでに潤った秘所に触れられて「あっ」とか細い悲鳴が漏れる。

彼の長く美しい指が何度も秘所を往復し、クチュクチュと濡れた音が立つ。

優花の濡れ具合を確かめたあと、アレクサンドルは彼女を見つめたまま蜜孔に指を押し込んできた。

「んぅ……っ、………あ、ぁ……っ」

ヌルル……と侵入したあと、彼は指の腹で優花の膣肉を圧迫しながら擦り始める。すぐに気持ちいい場所を探り当てられ、同時に肉芽を親指でコリュコリュとこねられては堪らなかった。

「っはぁうっ！　っあぁ……っ、あっ、～～～～あぁあっ！」

優花はガクガクと腰を振り立て、うつろな目で天井を見ることしかできない。

そのあともアレクサンドルは彼女の乳房を揉み、時に乳首を吸って甘噛みしながら、優花の蜜洞と淫芽を愛撫し続けた。

何回も甘達きして、泣きながら「もう無理」と言っても、彼はニッコリ笑って「君ならまだ大丈夫なはずだ」と鬼畜なことを言ってくる。

「っあぁあああぁっ!!」

やがて優花は小さな孔からプシャッと愛潮を漏らし、高い声を上げて果ててしまった。

間接照明で照らされた暗い部屋に、ハァッハァッ……と優花の荒くなった呼吸音が響く。

室内が、濃密でいやらしい空気で充満しているように思えた。

「あぁ……、可愛い。美しい……」

アレクサンドルはうっとりとした表情で呟き、指にたっぷり纏わり付いた愛蜜を丁寧に舐め取る。

「あ……」

見せつけるように指を舐めてから、彼は己の浴衣の帯を外し、下着を脱いだ。

この世の誰よりも美しく高貴な男性が、妖艶な笑みを浮かべて自分を見下ろしている。

色素の薄い金髪は仄かなライトを受けて、煌めいていた。青い目は静かな情熱を湛えて優花だけを求めていて――

（あぁ、贅沢だな……。こんな素敵な人が私だけを見てくれるなんて）

とろりとした愉悦と多幸感に包まれ、優花は彼に微笑みかけた。

「愛してる、優花」

アレクサンドルはまた彼女の手の甲にキスを落としたあと、優しく頭を撫で、乳房やお腹を辿る。そして己の肉竿に手を添え、ゆっくり腰を進めた。

「ん……っ、あ……っ、あ！」

粘膜が引き伸ばされる感覚に優花は身を震わせ、柔らかくぐずついた場所に彼の分身を受け入れていく。

アレクサンドルは少しずつ腰を揺すって長大な肉棒を埋め、優花の最奥を押し上げて艶冶な息をつく。

しばらく舌を絡める濃密なキスを交わしたあとには、優花のそこは柔らかく馴染み、アレクサンドルをしっとりと包み込んでいた。

「……動くよ」

薄ら汗を浮かべた彼が告げ、ゆっくり腰を引いてはまた埋めていく。

「あぁ……っ、サーシャ……っ、好い……っ」

膣肉をさざめかせて、アレクサンドルの一物が優花を掻き回す。彼女は色っぽい声を上げ、腰をくねらせて婚約者の寵愛を乞う。

やがてアレクサンドルの腰の動きはスムーズになり、グチュグチュと憚らない水音が寝室内に響く。ベッドが軋む音がし、二人の獣めいた呼吸音が重なり合う。

「サーシャ……っ、あぁ……っ、あーっ！」

「優花……っ、優花……っ」

二人とも互いを求め、汗を滴らせて絡み合う。

腰がぶつかり合う打擲音は次第に激しくなり、親指で淫芽をいじめられた優花は高い声を上げて何度も絶頂する。そのたびにアレクサンドルは収斂する膣肉に屹立を締め上げられ、くぐもった息を漏らした。

やがてアレクサンドルは優花の細腰を掴み、ガツガツと腰を振り立てる。

「あぁっ、サーシャっ！　もう駄目……っ！」

前後不覚になるまで何度も絶頂を迎えた優花は、悲鳴に似た嬌声を上げて涙を零す。

「く……っ、う……っ」

アレクサンドルは低くうなって胴震いしたあと、避妊具の中にドプドプと吐精した。

頭の中を真っ白に染め上げた優花は、自分だけを見る美しき獣を見て、随喜を味わいながらうっとりと笑った。

「一つ分かったことがある」

熱が収まったあと、二人は浴衣を脱いでベッドの中で寄り添っていた。

「何ですか？」

優花は疲れて目をとろとろさせながら問う。

「浴衣を着た優花の魅力は凄い。今度はぜひ着物を着崩してプレイしてみたいな」

真剣な顔で言うものだから、ガックリと脱力してしまった。

「〝それ〟目的で見ては駄目ですよ？」

「分かってるよ。いつか私もきちんと羽織袴を着て、君と神社を歩いてみたい」

そう言って魅力的に笑った皇太子は、愛しい婚約者の頬にキスをする。

「楽しみです。まだまだ、日本について知ってもらいたいことはありますから」

「頼りにしているよ、我が妻殿」

気の早いことを言った彼にチュッとキスをされ、優花は幸せいっぱいに笑った。

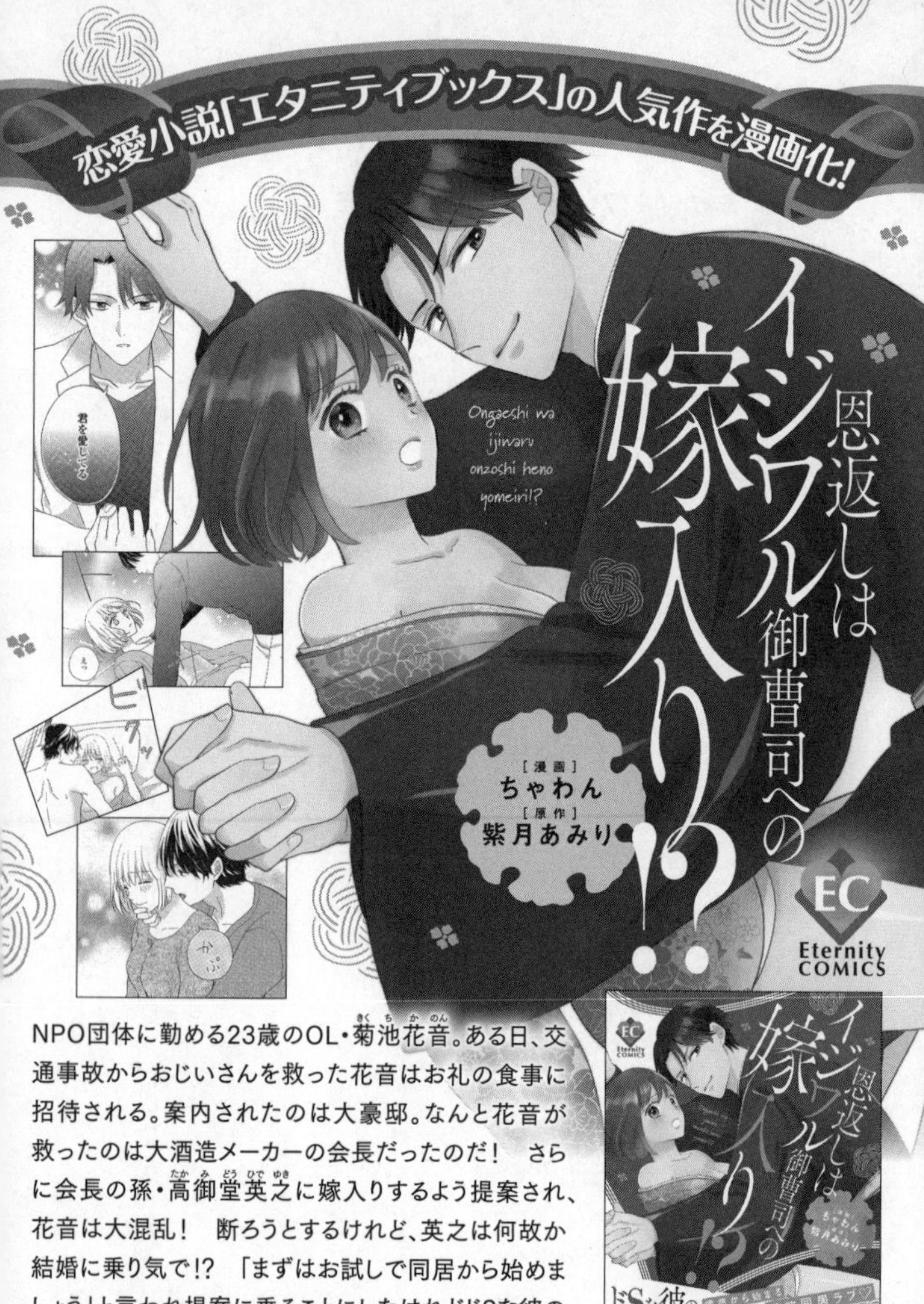

エタニティ文庫

友達以上のとろける濃密愛！

エタニティ文庫・赤

蜜甘フレンズ
～桜井家長女の恋愛事情～

有允（ゆういん）ひろみ　装丁イラスト／ワカツキ

文庫本／定価：704円（10％税込）

バリキャリOLのまどかは、ひょんなことから、イケメン同期の親友・壮士（そうし）と友情以上のただならぬ関係に。“雄”の顔をした彼に恋人以上に甘やかされ、とろかされる日々。自分達は恋人じゃない。それなのに、溺れるほど愛情を注がれて、まどかは身体も心も暴かれていき……

※エタニティブックスは大人の女性のための恋愛小説レーベルです。ロゴマークの色で性描写の有無を判断することができます（赤・一定以上の性描写あり、ロゼ・性描写あり、白・性描写なし）。

詳しくは公式サイトにてご確認ください。
https://eternity.alphapolis.co.jp

携帯サイトはこちらから！

本書は、2020年6月当社より単行本として刊行されたものに、書き下ろしを加えて文庫化したものです。


この作品に対する皆様のご意見・ご感想をお待ちしております。

おハガキ・お手紙は以下の宛先にお送りください。

【宛先】

〒150-6008 東京都渋谷区恵比寿4-20-3 恵比寿ｶﾞｰﾃﾞﾝﾌﾟﾚｲｽﾀﾜｰ 8F
（株）アルファポリス　書籍感想係

ご感想はこちらから

メールフォームでのご意見・ご感想は右のＱＲコードから、
あるいは以下のワードで検索をかけてください。

アルファポリス　書籍の感想

エタニティ文庫

皇太子殿下の容赦ない求愛

臣桜

2023年7月15日初版発行

文庫編集－熊澤菜々子
編集長 －倉持真理
発行者 －梶本雄介
発行所 －株式会社アルファポリス
〒150-6008 東京都渋谷区恵比寿4-20-3 恵比寿ｶﾞｰﾃﾞﾝﾌﾟﾚｲｽﾀﾜｰ8F
TEL 03-6277-1601（営業） 03-6277-1602（編集）
URL https://www.alphapolis.co.jp/
発売元－株式会社星雲社（共同出版社・流通責任出版社）
〒112-0005 東京都文京区水道1-3-30
TEL 03-3868-3275
装丁デザイン－ansyyqdesign
印刷－中央精版印刷株式会社

価格はカバーに表示されてあります。

落丁乱丁の場合はアルファポリスまでご連絡ください。

送料は小社負担でお取り替えします。


ISBN978-4-434-32285-3 C0193